정상명 산문집

초판 1쇄 발행 2009년 5월 25일
초판 2쇄 발행 2009년 9월 25일

글 · 그림 ㅣ 정상명
펴낸이 ㅣ 여승구
펴낸곳 ㅣ 지형
편집장 ㅣ 박숙희
디자인 ㅣ 김준영
마케팅 ㅣ 지경진

주소 ㅣ 서울시 마포구 합정동 385-1 2F (121-885)
전화 ㅣ 02-333-3953
전송 ㅣ 02-333-3954
이메일 ㅣ irupub@hanmail.net
출판등록 ㅣ 2003년 3월 4일 제13-811호

ⓒ 정상명, 2009

ISBN 978-89-93111-17-0 (03810)

이루는 도서출판 지형의 인문교양 브랜드입니다.

정상명 산문집

꽃심

정상명 글·그림

이루

삶의 밑그림은 슬픔입니다.
그 위에서 춤도 추고 꽃도 심지요.

차 례

머리글

1부 눈 그친 저녁

풀도 잠을 잡니다 016

파부인 019

흰 꽃송이 026

꽃짐 028

밤은 밝다 039

저는 꽃 도둑입니다 041

민들레 피리 046

뽕나무 아래 모기장을 쳤습니다 050

어린 가래나무에게 053

초봄 아침 057

떨켜와 얼음의 시간 060

눈 그친 저녁 062

2부 명랑한 저 달빛 아래

069 공중에 음악을 매달고

071 짧은 불안, 오랜 습관

077 성격

083 한밤중에 바느질을 하다가

086 빨래터에서

089 새우젓 항아리

094 명랑한 저 달빛 아래

098 제대로 질문하기

101 흐린 날의 기도

102 트랜지스터가 생겼습니다

107 "인생은 짧으니 오롯이 즐겨야 한다"

111 편지

116 도서관 언덕길을 오르며

3부 내 마음속의 종달새

우체통 속의 새 121

고운 빛은 어디에서 왔을까 125

내 마음속의 종달새 127

빼빼와 꿋꿋씨 129

내가 이름 붙인 새들 133

나비, 꽃이 꽃에게 보내는 러브레터 137

거위 알 141

달밤에 낙엽을 태우다가 149

뽕나무야, 고마워 154

네팔의 평등주의 157

그늘에 앉으셨나요? 160

4부 칠칠회관 댄서

165　익중이

171　샨티

173　천사는 2%가 부족하다

176　산으로 출근하는 사람

183　어머니한테 물든 우리 모녀

188　풍덩 보일러

193　영철이와 영식이

199　사해춘 만두

205　기억의 저편에 작은 도시가

209　칠칠회관 댄서

봄눈 속에서 다시 감사와 사랑을 떠올립니다

눈이 퍼붓는 저녁입니다. 며칠 전만 해도 반소매 차림의 여름 날씨가 닥쳐 어리둥절하게 하더니 오늘은 나뭇가지가 휘어질 정도로 눈이 옵니다. 마당 한 귀퉁이에 서 있는 작은 소나무에도 흰 눈이 소복한데 마침내 무게를 이기지 못한 여린 가지 하나가 툭! 하고 쌓인 눈을 떨구어냅니다. 가벼워진 가지는 잠시 동안 그네처럼 흔들립니다. 그 위로 다시 눈이 쌓이기 시작합니다.

나무는 제 몸에 쌓인 눈에 대하여 어떻게 생각할까요. 어떤 식물도감에서도 나무가 눈을 대하는 마음을 알아낼 수는 없겠지요. 만약 나무가 짐을 져야 한다면, 사람처럼 짐을 져야 한다면 아마 저렇게 맑고 순결한 눈짐을 지고 싶어 하지 않을까, 그런 생각을 해봅니다.

저는 나이 오십에 느닷없는 사고로 큰딸을 잃었습니다. 제 눈앞에서, 순식간에 딸아이가 재가 되어 사라지는 것을 지켜보아야만 했습니다. 그런 일은 인간이 당할 수 있는 고통 중에서 가장 큰 고통이겠지요. 언어로는 그 고통을 도저히 설명할 수 없습니다.

그 엄청난 일은 제 삶을 완전히 뒤집어놓았습니다. 남은 생을 단 한 순간도 어리석게 살면 안 된다는 것을 뼈저리게 깨닫게 되었습니다. 아이가 떠난 후 1999년 3월, 저는 '천 송이의 풀꽃〔草英〕'이라는 뜻을 지닌 제 아이의 이름으로 환경단체 '풀꽃세상'을 만들었습니다. 아이의 이름으로 새나 돌멩이, 풀이나 꽃, 지렁이와 자전거에게 상을 드리는 방식으로 '자연에 대한 존경심을 회복하자'고 말했습니다. 나중에 회원들에게 단체를 맡기기 전까지 여덟 차례의 '풀꽃상'을 드리는 동안, 저는 말 그대로 죽을힘을 다해 몰두했습니다. 건강을 상할 정도의 제 몰두가 마치 지상에서 더는 만날 수 없는 제 딸애와 같이 살아가는 유일한 길인 듯, 그런 마음으로 집중하고 몰두했지요.

그 후 11년이 지났습니다. 큰 아픔을 겪었으나 제가 인간적으로 얼마나 성숙했는지 자신은 없습니다. 하지만 한 가지 깨달은 사실만은 사람들에게 말하고 싶었습니다. 산다는 것은 축복이며 감사라는 것을, 어떤 경우라도 함부로 살면 안 된다는 것을.

고마운 분들이 많이 떠오릅니다.

풀꽃세상 일을 함께 했던 수많은 회원들은 제 생에서 어느 한 분도 잊지 못할 것입니다. 그분들과 함께 한 '풀꽃운동'은 참으로 보람차고 즐거웠습니다. 그리고 지금도 힘든 가운데에도 풀꽃세상을 위해 애쓰는 실무자와 여러 회원들에게 진심으로 감사를 드립니다.

단체를 넘긴 이후, 풀꽃평화연구소 일을 변함없는 애정으로 어깨동무해주시는 독서회 분들과 저혈압헌책방의 여러 분들에게도 늘 고마운 마음을 지니고 있습니다.

또한 풀꽃운동을 10년째 같이하고 있는 풀꽃평화연구소의 심현숙 님, 정말 고마워요. 그 누구도 따라올 수 없는 한결같은 성실성으로 긴 시간을 함께해주었지요.

풀꽃세상 창립을 같이 했고, 제가 고통과 절망 속에서 주저앉지 않도록 끝없이 부축해주었으며, 지금까지 크고 작은 일을 진심어린 마음으로 함께 하고 있는 최성각 소장님께 깊은 감사 인사를 드립니다. 제가 이 세상에 태어나서 유일하게 빚진 분이 있다면 그분은 바로 소장님이십니다.

그리고 어떤 상황에서도 한결같이 저를 지켜주시는 남중 씨, 고맙습니다. 우리가 함께 겪은 기쁨과 슬픔의 날들이 제 생에서 어떤 의미였는지 잘 알고 있습니다. 풀꽃세상과 풀꽃평화연구소의 토대에 당신의 도움이 있다는 것을 잊지 않고 있지요.

마지막으로 '천 개의 샘'이라는 뜻의 이름을 가진 둘째야! '꿋꿋씨'라는 아이디처럼 그렇게 꿋꿋하게 자신을 지켜가며 살아가는 밝은 네 모습은 엄마에게 깊은 안도감을 준다. 너로 인해 엄마는 많이 웃고, 사는 일에 더 열심이 되는구나.

　이 책에 담긴 글들은 지난 11년간 여기저기에 찍은 제 발자국들입니다. 늦은 나이에 삶이 뒤집힌 한 사람 속에 숨어 있던 작은 소망의 조각들입니다. 조용조용 나지막한 이야기들과, 환하고 때로는 지나치게 동화적인 느낌을 주는 그림들이 어쩌면 오래된 사진첩에 담긴 아날로그적 감수성으로 보일지도 모릅니다. 그렇지만 저와 같은 감수성을 지닌 이들에게 이 책이 아주 잠깐 동안이라도 공감과 작은 기쁨으로 전달되었으면 합니다.
　퍼붓는 눈 속에서 봄 저녁은 희고 푸르게 얼어갑니다. 천지에 가득한 눈 냄새를 맡으며 걸어온 지난날들을 생각합니다. 아득합니다.

2009년 3월
봄눈이 오는 자두나무 집에서
정상명

1부
눈 그친 저녁

오늘 밤 저는 소망합니다. 지금까지 살아온 시간, 경험, 그 안에서 느낀 섬세하고 격렬하고 애틋한 무엇들이 환한 빛을 발하기를, 그리고 위로가 필요한 다른 생에 따스하게 스며들어 아름다운 힘이 되어줄 수 있기를 소망합니다.

풀도 잠을 잡니다

　채소 쌈에 얹어 먹으려고 앞마당 텃밭에 풀을 뜯으러 나갔는데 사방이 어둑어둑했습니다.

　제가 찾는 풀은 쇠비름인데 이 풀이 몸에 좋다네요.

　쇠비름은 예쁘게 생긴 풀입니다.

　흙에 납작 엎드려 동그란 잎사귀를 활짝 펼친 모습은 사랑스럽기 그지없지요.

　한낮의 열기가 남은 흙은 저녁이 되었으나 아직 뜨겁고 매우 조용했습니다.

　저는 밭고랑에 쭈그리고 앉았습니다.

　아, 그런데 쇠비름은 벌써 잠자리에 들었네요.

　이파리를 살포시 닫고 고개를 갸우뚱한 채로 잠이 들었네요.

　그 모습이 어찌나 여리고 애잔한지요.

감히 먹겠다고 욕심 사나운 손을 들이댈 수가 없었습니다.
한참을 들여다보다가 '잘 자라~'하고는 일어섰습니다.
앞산에서는 둥근달이 막 떠오르고 있었습니다. (2008)

파부인

드디어 파부인이 올해의 꽃을 피워 올렸습니다. 섬세한 기계로 절단한 공예품 꽃 이파리처럼 균일한 여섯 잎의 하얀 얼굴이 며칠 전 이른 아침에 제 눈 속으로 환하게 파고 들어온 것입니다.

"어머, 파부인이 꽃을 피웠네. 샘아, 샘아!"

건넌방 컴퓨터 앞에 앉아 있던 딸아이는 "응, 난 아까 보았어" 하고 크게 대답했습니다. 우리 모녀의 상기된 음성에 가구들이 놀란 듯 화들짝 반짝거렸습니다.

파부인은 본래 '흰꽃나도샤프란'이라는 이름을 가진 수선화과의 꽃입니다. 하지만 딸아이와 저는 '파부인'이라는 이름으로 바꿔 부르고 있습니다. 우리 모녀는 파부인과 오랜 시간을 함께 지내왔으면서도 파부인의 본래 이름은 몰랐습니다. 그렇다고 굳이 이름을 알려고 성의를 다하지도 않았습니다. 이름 같은 것이야 어찌됐든, 자태가 하도 우아하고 기품이 있어서 우리가 아름다운 여성을 높여 부르듯 그렇게 부르게 된 것이지요.

　사실 여름이 다 가도록 파부인은 이파리는 싱싱하게 올리면서 정작 꽃대를 올리지 않아 은근히 신경이 쓰였더랬습니다. 물을 줄 때마다 "언제 필래, 응? 올해 내로 피긴 필 거니?" 하고 스트레스를 주었는데 오늘 아침 드디어 여러 송이의 꽃들을 한꺼번에 피워 올린 것입니다. 저는 창 앞에 서서 파부인이 피워 올린 꽃송이들을 눈부신 마음으로 쳐다보았습니다. '어머 어쩌면 이렇게 품위가 있을까. 마치 사십대의 귀부인 같구나.' 우윳빛의 부드러운 꽃송이에게서 눈을 뗄 수 없었습니다. 연두색과 노란색이 어우러진 수술들의 휘어짐도 그야말로 예술이었습니다.

　이 집으로 이사를 온 첫날, 햇빛이 가장 잘 드는 창 앞에 파부인을 놓았습니다. 집에는 여섯 개의 풀꽃 화분이 있는데 저는 파부인을 일방적으로 편애합니다. 물도 파부인 위주로 줍니다. 그뿐 아니라 눈이 마주칠 때마다 사랑의 말도 한 마디씩 꼭 건넵니다. 그에 비해 다른 꽃들에게는 물도 적당히, 사랑의 말 역시 생각나면 하다 말다 합니다. 그도 그럴 것이 파부인은 제 집에 온 지 벌써 25년 가까이 되었기 때문입니다. 화분 안에 갇혀서 아주 긴 시간을 저와 함께 살아온 것이지요.

큰아이가 초등학교 들어가기 직전에 파부인은 지금은 돌아가신 합정동 친정어머니 집에서 분가하여 서교동 저희 집으로 왔습니다. 어머니 집에는 크고 작은 화초들이 참 많았는데, 제가 유독 파부인의 아름다움에 감탄을 연발하자 뿌리를 갈라 저희 집에 몇 포기를 가져오신 것이지요. 파부인은 그해 여름 뜨거운 햇빛 속에서 진초록 이파리를 무성하게 퍼트리며 얼마나 싱싱하게 꽃대를 피워 올리던지 여름 내내 현관 입구가 환했습니다. 어린 두 딸은 하루에도 몇 차례씩 파부인 곁을 스치며 이리저리 뛰어다녔습니다. 사랑스런 딸들의 순진무구한 웃음과 연한 두 볼, 귀여운 목소리, 마당과 마루를 뛰어다니던 가벼운 발자국 소리, 그때마다 나풀대던 치맛자락이 만개한 파부인과 함께 아직도 제 가슴속 깊이 간직되어 있습니다. 그 시절 저는 건강하고 명랑했으며 미래는 기분 좋게 예측되었고 가족들은 서로 깊이 사랑했습니다. 제 생에서 가장 행복했던 시절이지요.

오래 살던 서교동 집을 떠나서 저희는 충정로로 이사를 갔습니다. 그 집에서는 별로 행복하지 못했습니다. 친정어머니가 회복할 길이 없는 병에 걸려 남은 생이 기껏해야 1년 정도라는 진단이 내려졌고, 큰딸은 어린 나이에 제 품을 떠나 먼 나라에 가 공부를 하게 되었습니다. 사랑하는 사람들과 '분리되고 있음'은 제 삶에 소리 없이, 그러나 깊은 상처를 냈지요. 그리고 예측대로 어머니는 1년여 후에 돌아가셨습니다. 이 일 전후로 즐거움으로 가득 찼던 제 삶은 여러 이유들로 조금씩 균열이 갔으며, 시간이 지날수록 그 크기는 커져서 힘든 시간을 제법 길게 보내게 되었습니다. 저는 자주 아팠고 의욕은 사라졌으며 거의 식사를 하지 못했습니다. 그때가 어떤 의미로 지금까지 살아온 생에서 가장 외로웠던 시절이었습니다. 파부인은 제 눈길에서 점점 멀어졌지요. 몇 해를 그렇게 보냈습니다.

그러던 어느 날이었습니다.
멍하니 마루에 앉아 있다가 베란다 한구석에 놓인 파부인에 눈길이 딱 멈췄습니다. 파부인의 몰골은 말이 아니었습니다. 그 윤기 나고 무성하던 이파리들은 다 사라지고 영양실조 상태의 이파리 몇 개만 겨우 남아 있었습니다. 언뜻 보면 살아 있는 것 같기는 했으나, 자세히 보면 그건 살아 있는 것이 아니었습니다. 실낱같은 희망으로 최선을 다해 견디고 있는 모습이었습니다. 버려진 것에 항의하며 자신이 처한 악조건에 굴하지 않고 어떻게든 살아내려고 끈질긴 사투를 벌이고 있는 것처럼 보이기도 했습니다.
지난 수년간 파부인은 늘 그 자리에 그렇게 있었는데 한 번도 제대로 제 눈에 들어온 적이 없었습니다. 그래서 어쩌다 주인의 눈에 뜨이면 겨우 물 한 모금 얻어먹었고, 그렇지 않으면 보름이고 한 달이고 바짝 말라 있을 수밖에 없었습니다. 반년도 1년도 아니고 무려 4년 가까이를 파부인은 한 집에서 그렇게 방치되어 있었던 것입니다. 파부인은 물을 아주 좋아해서 거의 매일 물을 듬뿍 주어야 하는 꽃입니다.

갑자기 무엇인가 힘껏 제 심장을 내려치는 듯한 느낌이 들더니 정신이 번쩍 났습니다. '아, 내가 그동안 말도 못하는 저 연약한 풀에게 얼마나 몹쓸 짓을 해왔는가' 하는 깊은 자책과 함께 '저 꽃을 살리자. 저 꽃이 살면 나도 산다'는 암시가 무슨 깨달음처럼 강렬하게 머릿속을 스치고 지나갔습니다. 저는 벌떡 일어나 꽃에게 다가갔습니다. "미안해, 정말 미안해" 하면서 그 즉시 분갈이를 해주고 물을 듬뿍 준 뒤에 햇빛 쪽으로 옮겨주었습니다. 그리고 꽃이 살아나면 제 삶도 전처럼 윤기를 회복한다는 이상한 믿음으로 파부인을 정성껏 보살펴주기 시작했습니다.

시간이 흘러갔습니다. 하지만 파부인은 제 바람대로 바로 회복되지는 못했습니다. 몇 년에 걸쳐 아주 느린 속도로 회복되었습니다. 그러고는 마침내 우아하고 기품 있는 초록의 이파리들이 화분을 무성히 덮는 날이 찾아왔습니다. 하지만 꽃은 없었습니다. 파부인은 제게 그냥 이파리만 보라고 했습니다. 그래서 이파리만 보았습니다.

그러는 동안에 큰딸이 느닷없이 세상을 떠났습니다. 슬픔도 그 내용과 빛깔이 저마다 다른데 어떤 슬픔은 깊이가 너무 깊어 그 바닥을 모릅니다. 딸아이와 헤어진 뒤 첫여름이 돌아왔습니다. 저는 눈물 속에서 파부인에게 진심으로 부탁했습니다.

"부디 꽃 한 송이만 피워주렴. 많이도 아니고 딱 한 송이만."

만약 꽃이 핀다면 그건 파부인이 제 슬픔을 알고 위로하는 표시라고 믿고 싶었습니다. 더 솔직히 말하면 식물들은 사람이 결코 엿볼 수 없는 다른 세계와 깊이 연결되어 있다는데 만약 파부인이 꽃을 피워준다면 그것은 그리워 애가 타는 제 부름에 대한 큰딸의 대답일 것이라고 생각했습니다. 그런데 참으로 거짓말 같은 놀라운 일이 일어났지요. 파부인이 길고 긴 침묵에서 벗어나 아름다운 꽃을 피워준 것입니다. 딱 한 송이였습니다. 아주 오랜만에 저는 꽃을 다시 보았고, 말할 수 없이 깊은 위로를 받았습니다.

다음 해가 되었습니다. 슬픔은 표면적으로는 전보다 많이 가라앉아 있었지만 가슴속 깊은 곳에서는 여전했습니다. 파부인이 또다시 꽃을 피워줄지 알 수 없어 한 번 더 부탁했습니다.

"작년에는 내 부탁대로 딱 한 송이를 피워주었지? 참 고마웠어. 하지만 한 송이라서 쓸쓸했단다. 올해는 두 송이만 피워주렴."

그해 파부인은 제 바람대로 두 송이만을 피워 올렸습니다. 정말 이상한 일이었습니다. 무슨 동화책에 나올 법한 일이 저와 파부인 사이에서 일어났으니까요.

파부인과 저는 지금까지 이렇게 관계를 맺어오고 있습니다.

파부인은 매년 두어 송이 이상은 절대 꽃대를 올리지 않았습니다. 작년에 이 집으로 이사 와 햇볕이 환하게 드는 창가에 파부인을 놓으면서 말했지요.

"나 이제부터는 많이 행복할 작정이야. 그러니 너도 내년부터는 꽃을 많이많이 피워줘. 이제 그럴 때가 되지 않았니?"

파부인은 올해 모처럼 인심을 듬뿍 썼습니다. 화분 속에는 현재 5개의 꽃대가 올라오고 있습니다. (2004)

흰 꽃송이

   사월 저녁, 앞집에 백목련이 눈부시게 피어올랐습니다. 저 나무는 어쩌면 저리도 잘 생겼을까요. 줄기가 튼실하고 부드러운 가지들이 우아하게 뻗어 올랐는데 가지의 끝마다 희디흰 꽃송이들이 어린 신부처럼 달려 있습니다. 푸른 하늘 아래 고요히 서 있는 키 큰 나무를 보니 찬탄을 금할 수 없습니다. 저 꽃나무처럼 피어오를 수 있을까요. 어쩌면 제 나무는 기우뚱 불안스럽고, 더러는 엉뚱한 데서 가지가 뻗어 나오기도 합니다. (1993)

꽃짐

강원도 산골에 집이 한 채 있습니다. 붉은 함석으로 지붕을 얹은 오래된 그 집은 재래종 자두나무가 일곱 그루나 있어서 '자두나무 집'이라고 부르지요. 여름이 오면 나무는 가지마다 작고 짙은 보랏빛 열매를 셀 수 없이 매달아서 집은 온통 자두 향기로 덮입니다. 하지만 아쉽게도 맛이 시큼하고 씨가 매우 커서 실제로 먹을 수 있는 과육의 양은 얼마 되지 않습니다. 그러나 나뭇가지에 댕글댕글 매달린 그 모습은 너무도 예쁘고 앙증맞습니다. 먹어줄 사람도, 따줄 사람도 별로 없기에 자두나무 집의 자두들은 나무에서 제 마음껏 익어가다가 때가 되면 햇볕으로 뜨겁게 달구어진 흙바닥으로 툭! 툭! 떨어져 내렸습니다. 무더운 여름날, 자두는 달콤하게 썩어갔고 동네 꿀벌들은 모두 자두나무 집으로 모여들었습니다. 꿀벌들이 잉잉거리는 낡은 함석집에서 저는 떨어진 자두를 밟으며 돌아다녔습니다. 자두나무 집은 저에게 지상의 낙원이었습니다.

저는 딸아이가 둘입니다. 도시에서 태어나 성장한 아이들에게 시골 집은 불편한 것이 많은 곳인데도 아이들은 그 집을 몹시 사랑했습니다. 모기와 파리 때문에 성가시긴 했지만 자두나무 집에 가면 심드렁 했던 얼굴이 금세 환해졌으니까요. 우리들은 그곳에서 마당 옆을 흘러가는 작은 시내에 발을 담그고 앉아 세수도 하고, 푸성귀도 씻으며 여름 하늘에 둥둥 떠가는 흰 구름처럼 웃었습니다. 상추쌈으로 식사를 하고 강아지(빼빼)와 함께 성모님이 계신 작은 뒤뜰에서 기도를 했습니다. 더위에 지친 한낮, 마을이 깊은 정적에 빠져 있을 때 느닷없이 이웃 앵두 할아버지댁의 심심한 장닭들이 목청이 끊어져라 울어대면, 우리는 마주 보며 깔깔 웃었습니다. 자두나무 집에서 보내는 시간은 말할 수 없이 한가롭고 자유로우며 생기가 넘쳤습니다. 자두나무 집은 지상에 세운 저의 작고 소박한 낙원이었지요. 그리고 얼마 후, 그 낙원에 사랑하는 큰딸 초영(草英)이를 묻었습니다. 한글로는 '풀꽃'이고 영세 명은 레나떼, '다시 태어난 여인'이라는 뜻을 지닌 딸아이를 그 집에 묻었습니다.

우리의 앞날은 그 누구도 예측할 수 없습니다. 우리를 기다리고 있는 일이 행인지 불행인지 아무도 알 수 없지요. 무슨 복이었는지 비교적 평탄하게 살아왔던 저 역시, 앞길에 자식의 죽음이라는 엄청난 고통이 기다리고 있을 줄을 어찌 짐작이나 했을까요. 웃음과 노래와 휴식이 깃든 지상의 소박한 낙원, 그곳에 여린 꽃잎 같던 큰딸을 묻을 줄을 어찌 상상이나 했을까요.

자두나무 집에 큰딸을 묻던 날은 바람도 없고, 햇살만 환한 초겨울 어느 날이었습니다. 겨울 초입이라 땅들이 얼어붙기 시작했으나 햇살은 증류수처럼 맑고 희었습니다. 저는 재가 된 아이를 안고 저의 낙원으로 들어섰습니다. 성모님은 아시겠지요. 당신의 목을 끌어안고 기도하던 이 아이를, 작은 들꽃처럼 웃으며 나풀나풀 마당을 가득 채우고 돌아다니던, 아직 소녀티를 벗지 못했던 이 아이를. 청천벽력 같은 사고로 찬란한 나이를 접고 성모님께 돌아오게 된 그 깊은 뜻을 그분만은 아시겠지요. 그 일에 만약 뜻이 있었다면요.

아이는 사각형의 함에 담겨 흰 보자기에 싸인 채, 성모님 눈길이 닿는 곳에 눕혀졌습니다. 그 작고 작은 상자 위에 저는 편지 한 통을 올려놓았습니다. 아이의 영혼을 붙잡고 간밤에 쓴 편지입니다. 재가 된 아이를 앞에 앉혀놓고 창자가 끊어지는 고통으로 썼던 편지입니다. 눈물로 범벅 된 얼굴을 문지르며, 절망의 나락으로 곤두박질치려는 마음을 채찍질하며 썼던 편지입니다. 글자 한 자 한 자마다 딸에 대한 제 소망을, 제 사랑을, 제 애원을 담고 있는 편지입니다. 함께 나누었던 그 짧은 세월은 축복이었다고, 영원히 사랑한다고, 먼 훗날 다시 만나자고 저는 새벽이 될 때까지 쓰고 또 썼습니다. 그러나 아무리 말해도 제 마음을 다 담지 못한 것 같아서 몇 번이나 봉투를 다시 열고 "사랑한다, 사랑한다"고 되풀이해서 적어 넣었습니다. 그리고 마지막으로 봉투 겉봉에 이렇게 썼습니다.

'초영이에게, 엄마가'

이후로 같은 발신자와 같은 수신자로는 지상에서 두 번 다시 부치고 받을 수 없는 편지를.

저녁부터 함박눈이 내리기 시작했습니다. 커다란 눈송이들이 높은 하늘에서 쉼 없이 내려왔습니다. 지붕 위에, 나뭇가지 위에, 개울가에 하염없이 내려와 고요히 쌓였습니다. 제 몸과 마음은 한순간에 '허물어진 집'이 되었습니다. '이 모든 게 꿈이 아닐까. 꿈이라면 얼마나 좋을까?' 꿈과 현실을 구분 못 하다가 정신이 들면 감당할 수 없는 고통이 몰려왔습니다. '이게 도대체 어찌된 일이란 말인가? 방금 전까지도 내 앞을 오가며 사랑스럽게 웃던 딸에게 도대체 무슨 일이 생긴 건가? 성모님 발치 아래 딸아이가 묻힌 게 정녕 사실이란 말인가? 왜 내게 이런 받아들일 수 없는 일이 닥쳤을까? 비록 나 훌륭한 사람은 아닐지라도 그나마 착하게 살려고 애써오지 않았던가!'

혼이 나간 듯 누워 있던 몸을 일으켜 저는 성모님 뜰이 보이는 창문을 열었습니다. 한밤중이었습니다. 눈물로 적셔진 두 손으로, 벌벌 떨

리는 두 손으로 아귀가 맞지 않아 단번에 열리지 않는 뻑뻑한 창문을 있는 힘을 다해 열어젖혔습니다. 마치 창문만 열면 다른 현실이 저를 맞이할지도 모른다는 바람이 그 손짓에 담겨 있었는지도 모릅니다.

다음 순간, 제 가슴은 그만 놀라 터지는 것 같았습니다.

아, 아, 성모님 뜰은 온통 찬란한 빛이었습니다. 하늘도 땅도 나무들도 반짝이는 빛들로 가득 채워져 있었습니다. 눈꽃 송이들 때문이었습니다. 그들이 내뿜는 영롱한 빛 때문이었습니다. 바람 한 점 없는 높은 공중에서 함박눈이 나풀나풀 나비처럼 내려오고 있었습니다. 커다란 눈송이들은 허공에서 자기들끼리 가볍게 껴안다가 사각사각 부딪치기도 하면서 땅으로 땅으로 하염없이 내려오고 있었습니다. 눈송이를 받아 안아 두툼해진 땅은 순결하게 빛났습니다. 그리고 신부의 부케처럼 화사한 연분홍, 연노랑, 연보라, 연파랑의 꽃잎들을 덮고 누워 있는 딸아이의 꽃 무덤 위에 눈송이들이 덮어준 또 하나의 순결한 '눈꽃 이불' 한 장이 있었습니다. 아름다운 눈꽃 이불 아래에서 꽃들이 얼굴을 갸웃 내밀고 반짝거렸습니다. 뜰은 알 수 없는 생기로 가득 차서 살아 움직이고 있었고, 딸아이가 누워 있는 곳은 말할 수 없이 환했습니다. 여기저기에서 작은 속삭임들이 들려왔습니다. 가벼운 탄성이, 맑은 웃음이, 명랑하게 뒤척이는 '생명의 소리'들이 눈 내린 뜰을 가득 채우고 있었습니다. 그리고 그 모든 중심에 언제나 그렇듯이 두 손을 가볍게 모으신 성모님이 고요히 계셨습니다. 성모님은 온통 빛, 그 자체였습니다. 머리와 어깨, 소매, 치맛자락은 제가 세상에서 배워 알고 있는 색깔로는 도저히 칠할 수 없는 놀라운 빛깔에 휩싸여 계셨습니다. 이 나이가 되도록 눈 오시는 밤을 제가 어디 한두 번 보았을까요. 하지만 그토록 성스러운 기운으로 가득 찬 풍경은 처음이었습니다.

가슴이 불같이 뜨거워지면서 애타는 이름 하나가 타는 심장을, 타는 목구멍을 지나 얼어붙은 공중으로 퍼져갔습니다.
"초영아! 아가, 아가, 우리 아가."
아아, 이토록 고통스러울 수가…. 눈물로 숨이 막히고 천 갈래 만 갈래 가슴이 찢겨져 나갔습니다.
그때였습니다. 개울로 내려가는 곳에서 청아한 종소리가 들려왔습니다. 형언하기 어려운 상처로 갈가리 찢긴 마음을 쓰다듬어주는 것처럼 순하고 향기로운 그 소리는 자두나무 가지 끝에 매달려 있던 종에서 나는 소리였습니다(그 종은 몇 년 전에 큰딸에게 받은 선물입니다). 처음에는 가볍게 춤추듯 시작한 종소리는 천천히 화사해지고 차츰 커져가더니 이윽고 나무에 달린 여덟 개의 종들이 모두 울리기 시작했습니다. 악보에 담을 수 없는 수많은 화음들이 크고 둥근 꽃다발처럼 엮이면서 사방으로 아름답게 퍼져 나갔습니다. 종소리 중의 어떤 멜로디 하나는 층층계단을 올라가듯 눈 오시는 하늘 위로 올라갔습니다.

그 순간 저는 '아이와 함께 있다'는 느낌을 강하게 받았습니다. 젖은 제 두 볼을 만지며 눈물을 닦아주며 '엄마, 엄마, 울지 마' 부드럽고 다정하게 속삭이는 위로의 손길을 느꼈습니다. 그리고 저는 눈물 속에서 보았습니다. 작고 눈부신 빛의 막대기를 들고 생시인 듯 가볍게 종들을 치며 종 둘레를 돌고 있는 아이를 보았습니다. 한 송이 작은 흰 꽃처럼 해맑게 웃는 얼굴, 동그란 어깨, 부드럽고 긴 머리칼, 상냥한 목소리가 넘치는 눈물 너머에서 환하게 보였습니다. 아이가 입은 꽃무늬 치마가 함박눈 속에서 아롱아롱 흔들렸습니다.

그날 밤, 종소리는 여러 번 자두나무 집을 덮어주었고, 저는 그 종소리를 품에 안고 죽은 듯이 잠들었습니다.

아이가 떠난 뒤, 낡은 함석집을 헐었습니다. 그리고 그 자리에 아이를 기리는 마음으로 새 집을 지었습니다. 그 후, 몇 차례 봄이 지나갔습니다.

이제야 저는 낙원에 대해 조금 알게 되었습니다. 전에는 낙원은 행복만 가득 차 있을 것이라고 생각했습니다. 낙원에 대한 오해였습니다. 낙원이란 삶과 죽음이 함께 있는 곳입니다. 삶과 죽음은 등이 붙어 있는 일란성 쌍둥이와 같습니다. 그들은 분리된 하나입니다. 그러기에 산다는 일은 곧 죽는 일이기도 합니다. 죽음이 가까이 있기 때문

2004
자두나무꽃 필 때

에 삶이 아름다울 수 있다는 것을 이제야 깨닫게 된 것입니다. 자두나무 집은 그곳에 큰딸이 묻히고서야 진정한 낙원이 되었습니다.

아이가 누워 있는 꽃밭에서는 매년 새 풀이 돋아납니다. 이번 봄에는 그곳에서 자란 달래를 캐서 달래 간장을 만들었습니다. 달래 간장은 말할 수 없이 신선하고 향긋합니다. 뜨거운 밥에 달래 간장을 비벼 먹으며 저는 깊이 감동했습니다. 땅이 만들어낸 이 놀라운 생명! 놀라운 색깔! 놀라운 풀의 맛! 풀의 형태! 어찌 감동 없이 달래 간장을 먹을 수 있을까요. 어찌 우리가 살아 있는 동안 우리가 보고 듣고 맛보는 모든 것들에 대해 감사를 하지 않을 수 있을까요. 어찌 이 놀라운 생을 찬미하지 않을 수 있을까요. 그리고 그 감사와 찬미에 대한 보답으로 누구의 시처럼 진정한 성공이란 '자기가 태어나기 전보다 세상을 조금이라도 살기 좋은 곳으로 만들어놓고 떠나는 것'이며 '자신이 한때 이곳에 살았음으로 해서 단 한 사람의 인생이라도 행복해지는 것'이라고 말하지 않을 수 있을까요.

저는 지금 큰딸의 기억을 등에 업고, 어느새 훌쩍 커서 친구가 된 작은딸의 손을 잡고 남은 생을 걸어갑니다. 큰딸은 지금까지 살아오면서 제가 진 짐들 중에서 가장 크고 화려한 꽃짐입니다. 어느 누구라도 그래야 하겠지요. 고단하고 무겁기만 했던 한평생의 어떤 짐도 마침내는 꽃짐이 되어야 할 것입니다. (2004)

밤은 밝다

　자두나무 집으로 가려면 호수를 끼고 갑니다. 호수에는 수면에 거의 닿을 듯한 작은 섬들이 떠 있고 그 건너편으로는 둥근 산과 나지막한 시가지가 펼쳐져 있지요. 계절에 따라, 날씨에 따라 호수 길은 제각각 다른 표정을 드러냅니다. 모든 표정이 한결같이 아름다워서 1년 내내 어느 한 순간도 감동을 받지 않은 적이 없습니다.

　특히 밤 풍경은 유난합니다.

　어두워져서 뒤척이는 물결들과 짙은 암청색(暗靑色)으로 몸을 감싸고 묵직하게 앉아 있는 산들과 물안개에 어려 다정하면서도 쓸쓸한 느낌을 주는 건너편 시가지의 불빛들, 그리고 이 모든 풍경을 둥글게 감싸주는 검푸른 밤하늘이 참으로 아름답습니다.

　어렸을 때 밤은 무조건 검정색으로 그렸습니다. 산도 하늘도 모두 새까맣게 칠했습니다. 그런데 언제였던가, 호숫가를 지나다가 어둠에 쌓인 산을 보고 깜짝 놀랐습니다. 산은 캄캄한 검정이 아니라 암청색이었는데 놀랍게도 산 전체에서 은은한 빛이 새나오는 느낌을 받았기 때문입니다. 마치 산이 그 큰 가슴에 해를 품고 있듯, 그러나 행여 그 빛이 밖으로 새나가지 않도록 검고 두터운 커튼을 둘러쳤지만 찬란한 빛은 막지 못해 어쩔 수 없이 새듯, 그렇게 보였습니다. 새삼 주변을 둘러보니 눈에 보이는 것들이 캄캄한 어둠만은 아니었습니다. 산은 산대로, 물은 물대로, 길은 길대로 제각각 빛깔도 다르고 농도도 다르지만 은은한 밝음을 드러내고 있었습니다. 모두 한낮에 받았던 해의 밝음을 약하게나마 내비치고 있었습니다.

그래요. 우리가 가슴에 무엇을 품고 있느냐에 따라 생의 빛깔도 달라집니다. 어떤 어려운 처지에 있어도 해와 같은 밝음을 품고 있으면 삶이 밝아지고, 어둠을 품고 있으면 캄캄해집니다.

오늘 밤 저는 소망합니다. 지금까지 살아온 시간, 경험, 그 안에서 느낀 섬세하고 격렬하고 애틋한 무엇들이 환한 빛을 발하기를, 그리고 위로가 필요한 다른 생에 따스하게 스며들어 아름다운 힘이 되어 줄 수 있기를 소망합니다. 밤은 '다른 밝음'입니다. (2004)

저는 꽃 도둑입니다

저는 꽃 도둑입니다. 사실 꽃만 도둑질한 게 아닙니다. 아주 오래전에는 둘째 올케 소유의 나비문양이 박힌 아름다운 가죽 허리띠도 훔쳤습니다. 좀 더 정확히 말하자면 훔쳤다기보다는 올케가 우리 집에 놓고 간 것을 돌려주지 않고 그냥 제 허리에 감았지요. 그렇지만 안 돌려준 것과 '훔친 것'과의 사이가 그리 멀지 않은 것 같아 이참에 고백해버립니다.

대체로 저의 도둑질 이력은 이런 정도이지만, 이 일이 은근슬쩍 반성의 물결을 일으키며 마음을 귀찮게 하는 바람에 그 후로는 손을 씻었습니다. 그러나 아무리 다짐을 해도 제동이 안 걸리는 목록이 딱 하나 있으니 바로 꽃입니다. 무심코 길을 걷다가도 어느 집 담장 아래로 꽃가지가 내려와 있으면 제 발걸음은 자동적으로 그 앞에서 멈춰집니다. 꺾을까, 말까 잠시 갈등을 일으키지만 언제나 '꺾을까'가 이깁니

다. 꽃에 대한 강한 탐심은 '그래서는 안 된다'는 이성적 태도를 아주 가볍게 눌러버립니다. 그렇다고 교양까지 실종된 상태는 아니어서 꺾은 꽃에게 꼭꼭 사과를 하고 이어 칭찬의 말도 합니다.

"애, 꺾어서 정말 미안! 그런데 어머머, 넌 어쩜 이리도 예쁘니?"

이런 태도는 제가 생각해도 정말 얄미운 짓거리입니다.

바늘 도둑이 소도둑 된다더니 그 말이 맞나 봅니다. 날이 갈수록 꽃가지 하나 꺾어대는 소극적인 도둑질이 성에 차지 않았습니다. 그러던 어느 봄날, 드디어 소도둑으로 승격(?)되는 날이 찾아왔습니다. 아예 꽃나무를 뿌리째 뽑아온 것입니다. 사건의 전말은 이렇습니다. 1998년, 당시 큰딸과 딸애 친구와 저는 강원도에 있는 시골집에서 놀고 있었습니다. 건너편 들판 밭두렁 여기저기에는 무리지어 핀 조팝나무들이 가지마다 하얀 꽃송이들을 덤불덤불 매달고 바람에 아름답게 흔들리고 있었습니다. 그 모습을 보니 캐오고 싶은 욕망을 누를 수가 없었습니다. 마침 밭에는 주인이 없었습니다. 저는 당장 딸아이 손에 호미와 삽을 들려서 밖으로 내몰았습니다. 신이 난 딸아이는 하하호호 웃어대며 꽃 도둑질을 하러 나갔습니다. 그리고 한 시간이나 지났을까? 아이는 제 키보다 훨씬 큰 조팝나무 두 그루를 캐서 친구와 한 그루씩 나누어 어깨에 둘러메고 들길을 걸어오는 것이었습니다. 희고 둥근 꽃가지가 아이의 얼굴 뒤에서 출렁출렁 흔들리며 따라오는데, 저는 꼭 발이 달린 꽃나무가 걸어오는 줄 알았습니다.

마당 한쪽에 땅을 깊이 파서 조팝나무를 잘 심고, 물도 충분히 주었습니다. 그리고 우리는 엄숙한 자세로 나무 앞에 나란히 섰습니다. 입주를 축하하는 일장연설을 하기 위해서입니다. 그 의식(儀式)의 꿍꿍이속은 얼떨결에 낯선 곳으로 강제 이주를 당한 나무의 마음을 헤아려 달래려는 것이었습니다. 우리는 나무에 대한 정중함을 드러내기 위해 예의 바르면서도 부드러운 음성으로 말하였습니다.

"조팝나무님들, 잘 들어요. 들판에서 그렇게 열심히 피고 져 봤자 아무도 안 봐줘요. 오래전에 '저만치 혼자서 피어 있네'라고 노래하면서 그대들에 대한 엄청난 사랑을 표현했던 소월이라는 시인도 있었지만, 지금 우리는 시인이 아니에요. 시인은 우리처럼 나무를 뽑지는 않지요. 우리는 꽃 도둑들이에요. 그러니 어쩌겠어요. 분한 맘 접어야지요. 사실 사랑을 받으며 지낼 수 있는 우리 집이 주인에게 언제 뽑힐지 모르는 밭두렁보다는 훨씬 안전해요. 우리가 물 잘 주고, 자주 말 걸어주고, 확실하게 이뻐할 테니 부디 여기서 잘 지내요."

다행히 조팝나무는 총명해서 저의 깊은 뜻을 바로 알아들었는지 뿌리를 잘 내려 매년 탐스런 꽃송이들을 활짝활짝 피워주었습니다. 꽃도둑질의 하수인이었던 큰딸이 저보다 먼저 하느님께 간 이후로는 해가 갈수록 더 열심히 꽃을 피워주고 있습니다.

큰딸을 멀리 보내고 난 직후, 저는 새로운 일로 뛰어들었습니다. 환경운동입니다. '풀꽃세상'이라는 환경단체를 설립해서 자연물에게 상을 드리는 방식으로 운동을 했는데, 두 번째 풀꽃상은 아름다운 보길도 해변에서 뒹구는 갯돌에게 드렸습니다. 돌멩이에게 상을 드리면서 우리는 시상 이유를 이렇게 표현했습니다.

"보길도 해변의 갖가지 갯돌들은 바다를 연주하는 신비스러운 악기들과 같습니다. 보길도를 찾아오는 사람들은 한 해에 30만 명, 한 사람이 한 개의 갯돌만 들고 나간다고 해도 매년 30만 개의 돌이 사라집니다. 우리는 이 놀랍고 경이로운 갯돌들이 본래 있던 자리에서 더욱 아름답게 빛난다고 생각합니다. 그저 무심히 있는 것만으로도 자연과 사람의 참다운 관계를 일깨워준 보길도 해변의 갯돌들에게 우리는 감사하는 마음으로 제2회 풀꽃상을 드립니다."

돌멩이에게 풀꽃상을 드리는 이유를 이와 같이 폼 나게 말해놓고선, 그것도 모자라 "모든 자연물은 제자리에 있을 때가 가장 아름답습니다"라는 메시지도 첨가했습니다.

그러나 이제 와 솔직히 고백하면 환경운동을 하면서도 저는 꽃 도둑질을 두 번이나 더 했습니다. 그리고 도둑질해 온 꽃나무들을 꼬박꼬박 성모님 옆에 심었습니다. 지금 성모님은 제가 도둑질해 온 아름다운 꽃나무에 둘러싸여 계십니다. 성모님께서는 아무 말씀 없으시지만 아마 저의 깊은 사랑에 감동하고 계실 게 분명합니다. (2004)

민들레 피리

퇴골 연구소로 들어가는 산길에 올해 느닷없이 민들레가 만발하였습니다. 민들레는 100여 미터 되는 조붓한 산길에 두 줄로 나란히 서서 피었다 스러지며 민들레 천국을 만들어버렸습니다.

작년까지만 해도 이 마을에서 민들레를 구경하기가 어려웠습니다. 저는 봄이 오면 연구소 사무장인 산풀 님과 논두렁으로 나물을 뜯으러 다니는데, 제 눈길은 나물보다는 민들레 쪽을 더 열심히 더듬곤 했습니다. 그러다가 연구소 산길 한 모퉁이에서 민들레 두 포기가 얼떨떨한 상태로 피어 있는 걸 발견했습니다. 마치 "저희들, 여기 자리 잡아도 괜찮아요?" 하고 묻는 것처럼 보였습니다. 저는 얼른 꽃 옆에 쭈그리고 앉아 다정하게 환영의 말을 건넸습니다.

"애들아, 반가워. 정말 잘 왔다. 이쁜 꽃 활짝활짝 피우렴. 그리고 말이야, 꽃씨를 날릴 때는 힘든데 멀리까지 날리지 말고 요기 산길에

다 뿌려라. 알았지?"

그런 인사를 한 뒤였습니다.

올봄, 민들레는 마치 제 말을 잘 알아들었다는 듯이 자두나무 집에서 연구소에 이르는 100여 미터 길이의 산길을 완전히 노랗게 덮어버렸습니다. 천둥 번개가 치자 하늘이 갈라지고, 거대한 빛이 천사의 날개처럼 아롱져 내리고, 이윽고 음성이 들린다는 식으로 전개되는 놀랍고 신비로운 것들만 기적이 아닙니다. 밋밋한 산길이 어느 날 갑자기 꽃길이 되는 것도 기적입니다. 사랑스런 점령군들이 일으킨 작은 기적에 제 마음은 놀라고 그렇게 행복할 수가 없었습니다. 땅바닥에 납작납작 엎드린 그 초록 이파리들 위로 작고 노오란 꽃망울들이 다투어 피어나는 모습을 보면, 누가 한 말씀인지 모르지만 "작은 들꽃 한 송이의 무게와 우주의 무게는 같다"는 말씀도 마음 깊은 곳에서 울려옵니다. 그 애들에게 길을 내주는 바람에 사람이 다니는 길은 좁아졌지요. 하지만 기분이 아주 좋습니다.

한 보름 전인가, 연구소에서 내다보니 앵두 할아버지 혼자 민들레 핀 산길에서 허리를 구부리고 뭔가를 하고 계셨습니다. 꽃길에 서 계신 할아버지는 논둑에 서 계실 때와는 또 다른 느낌을 줍니다. 할아버지 연세가 올해 여든여덟입니다. 혼자 일하시는 할아버님을 본 소장님이 일을 도와드리러 얼른 산길을 뛰어 내려갔습니다. 할아버지는 논에 물을 대려고 호스를 연결하는 중이셨습니다.

퇴골은 원래 물이 부족하다고 합니다. 그래서 마을이 끝나는 산 위쪽으로 백두산 천지처럼 생긴 커다란 저수지를 만들었고, 이 물이 퇴골뿐 아니라 산 아래 마을까지 이어져 농업용수로 사용됩니다.

우리나라 지하수 사정에 문제가 있다는 건 물 문제에 조금이라도 관심을 가진 분들이라면 이미 다 알고 계십니다. 물이 고일 틈도 없이 하도 써서 이제 어느 지역은 물이 거의 동이 난 형편에 이르렀고, 상태가 심한 곳은 땅 속에 큰 구멍이 생기게 되었으며, 따라서 지반도 약해져 상당히 위험하다는 이야기를 들은 적이 있습니다. 지리학 용어로는 대수층에 있는 물마저 고갈되어가고 있다는 것입니다.

물을 걱정할 때마다 떠오르는 이야기가 있습니다. 아는 스님께서 당신의 스승에 대한 일화를 말씀하신 적이 있는데, 하도 인상적이라 잊히지 않습니다. 그 스승은 개울물로 세수하실 때도 흐르는 물에 얼굴을 씻지 않고 꼭 세숫대야에 물을 조금만 떠서 하셨답니다. 또 세수하고 남은 물은 아무렇게나 버리지 않고 다시 나무에게 주었다고 회상하셨습니다. 흘러가버리는 많고 많은 물인데도 그러셨답니다.

논물 대기 공사 도중 잠시 쉬는 시간이 되었습니다. 냇가 쪽에 앵두할머니와 앵두 할아버지가 앉아 계셨습니다. 할아버지께서 슬그머니 발치에 핀 민들레 꽃대 하나를 꺾으시더니 이리저리 손을 보신 후에 말없이 할머니에게 건네주셨습니다. 할머니 역시 별 말씀 없이 꽃대를 받고는 곧장 입으로 가져가셨습니다. 저는 '민들레에 무슨 특별한 맛이 있어 그러시나 보다' 했습니다. 제 추측은 틀렸습니다. 할머니는 두 손으로 조심스레 꽃대를 잡고는 피리를 부는 것이었습니다. 아마 전에도 두 분은 밭에서 일하다가 쉬는 시간이면 그렇게 민들레 피리를 주고받은 게 한두 번이 아닌가 봅니다. 꽃대를 뽑아 주는, 또 받아서 입에 무는 동작이 너무나도 무심했으니까요.

민들레 피리에서 이내 빼-빼- 하는 단음의 도톰하고 야무진 소리가 났습니다. 그것은 노래라고는 할 수 없고 민들레의 몸속에 숨어 있던 '민들레의 언어' 같았습니다. 피리 부는 할머니 옆모습을 바라보는 할아버지의 눈길이 참 편안해 보였습니다.

세상은 왜 그래야 하는지도 모르면서 바쁘게 돌아가고 있고, 사람들은 어디에서 뭘 하는지도 모르면서 큰 흐름에 둥둥 밀려 떠내려가고 있는 것만 같습니다. 하지만 지금도 이 세상 어느 한 구석에서 민들레는 하늘을 향해 꽃을 피워 올리고, 들판에서 일하다 말고 그 꽃대를 꺾어서 피리를 부는 사람들도 있습니다.

벌써 계절은 유월로 접어들었습니다. 연구소 산길에는 민들레들이 노랗게 웃으며 야단스럽습니다. 이 산길에 이름을 지어주었습니다. 짐작하셨겠지요. '민들레 길' 입니다. (2005)

49

뽕나무 아래 모기장을 쳤습니다

유월이 되었습니다.

올해도 뽕나무는 가지가 휘어지도록 수만 개의 열매를 달았습니다. 사방으로 쭉쭉 뻗어나간 가지에 손톱만 한 진보랏빛 오디들이 빈틈없이 달렸습니다. 하지만 열매가 익기 시작하자 은근히 부담스러워지기 시작했습니다. 야생 오디라 열매가 잘아 그 많은 것을 어떻게 따야 할지 난감했기 때문입니다. 지난 수년 동안은 오디를 딸 방법이 없어서 손이 닿는 가지에서만 몇 알씩 따먹고 나머지는 떨어지게 놔두곤 하였습니다.

그래서 매년 유월이면 뽕나무 아래에는 두툼한 오디 융단이 저절로 깔리게 되었습니다. 나무 밑을 지날 때면 발아래에서 연약하게 뭉개지는 오디의 촉감 때문에 마음이 참 불편했습니다. 오디도 아깝고, 나무에게도 죄스러워서 그랬지요.

그러다가 이번에 드디어 좋은 생각이 났습니다. 뽕나무 아래에 모기장을 치는 것입니다. 너무도 좋은 생각이지요? 제겐 한 번도 사용하지 않은 큼직한 모기장이 하나 있습니다. 끝단에 분홍 레이스를 단 공주님용 모기장입니다. 얼른 꺼내 나무 아래에 쳤더니, 너무도 훌륭한 수확용 받침이 되었습니다.

　모기장을 친 지 10분도 안 되어 오디가 떨어지기 시작했습니다. 마치 오디가 모기장을 기다렸던 것만 같았습니다. 하룻밤을 자고 났더니, 세상에나, 큰 소쿠리에 가득 담을 만큼 오디가 떨어져 있었습니다.

　오디가 담긴 소쿠리를 들고 돌멩이 의자에 앉았습니다. 하늘은 더없이 푸르렀습니다. 한 움큼 집었더니 오디는 손가락 사이에서 부드럽게 뭉개지면서 손톱까지 짙은 물이 들었습니다. 저는 본의 아니게 천연으로 염색된 보라색 손으로 보랏빛 열매들을 욕심껏 입안 가득히 털어 넣었습니다. 아, 그 달콤하고 싱그러운 맛을 어떻게 표현할 수 있을까요. 이렇게 말할 수밖에 없습니다. '오디 맛은 보라색'이라고.
(2005)

"밋밋한 산길이 어느 날 갑자기 꽃길이 되는 것도 기적입니다."

어린 가래나무에게

상추밭 고랑 사이에서 어린 가래나무 한 그루가 잎사귀를 피우며 올라오기에 성모님 뜰 위쪽에 있는 조팝나무 앞으로 자리를 옮겨주었습니다. 성모님 뜰은 제법 너른데 해마다 풀 뽑기에 지쳐서 작년에 아예 돌멩이를 깔아버렸습니다. 그러느라고 돌과 돌 사이에 한 뼘 정도의 공간이 생겼는데 그곳으로 옮겨 심은 것이지요. 비록 자리는 협소하지만 열심히 땅을 팠고 맑은 시냇물을 길어 와 흠뻑 부어주었습니다. 그리고 마지막으로 마당에 굴러다니는 잔돌을 주워 와 담을 둘러주는 성의까지 표했지요. 그리고 가래나무와 마주 앉았습니다.

"가래나무야, 오늘부터 네 이름은 '2008년'이야. 왜냐하면 올해가 2008년이기 때문이지. 어린 너는 모르겠지만 나는 나이 탓인지 나날이 정신이 깜빡깜빡한단다. 이름을 2008년이라고 안 지으면 너를 볼 때마다 '쟤를 언제 심었더라?' 그걸 기억해내느라 머리가 많이 아플 거야. 너와 관련된 내 계획은 이래. 앞으로 20년 후에 네 푸른 그늘 아래 앉아서 좋은 사람들과 차를 마실 작정이야. 그러니 이름이 좀 마음에 안 들어도 참아라.

20년 후면 내 나이가 팔십이 가까워져 검은 머리는 한 올도 없겠지. 얼굴은 늙어서 쭈글쭈글할 거야. 손등도 그럴 거구. 아마 여기저기 많이 아파서 가고 싶은 곳이 있어도 여행하기 힘들 거야. 하지만 너는 20년 후면 푸르른 청춘이 되겠지. 네가 허공에 그은 가지들의 부드럽고 강인한 곡선과 거기에 매달린 수천, 수만 개의 잎사귀들이 바람에 나부끼면 얼마나 아름다울까?

나무야, 그리고 그때쯤이면 초영이가 심고 떠난 저 조팝나무들도 거목이 되어 있을 거야.

그때 여기 앉아서 쉬고 싶어. 저 조팝나무들과 네가 만든 그늘 사이에 작은 나무탁자를 놓고 오랜 세월을 함께 지내온 나의 좋은 친구들과 향기로운 차를 마시고 싶어. 우리가 함께 통과해온 즐겁고 힘들었던 지난날들을 그리움과 감사로 추억하고 싶고, 당연히 밀려올 쓸쓸함을 위로하고 싶고, 더불어 생이 얼마나 아름다운 선물인지 눈물을 글썽이며 찬란하게 감동하고 싶고, 아주 가까이 다가온 죽음에 대해 담담하게 이야기 나누고 싶어. 세상의 모든 시냇물과 푸른 강과 탁류를 함께 건너온 나의 친구들과 말이야. 만약 내가 그때에도 이 지상에 머물 수 있다면…. 그런데 나무야, 그때 내 곁에는 어떤 사람들이 있을까? 세상을 떠난 사람들은 몇이나 될 것이고, 그들은 누구누구일까?

아무튼, 그래서 부탁인데 내가 좋아하는 사람들과 먼 훗날 여기서 차를 마셔야 하니까 내 친구들이 건강하도록 너도 좀 도와주렴. 그들의 생에 즐겁게 간섭해주렴. 네 강인한 녹색생명의 에너지를 힘껏 날려주렴. 좀 어려운 부탁이긴 하지만 너희들은 소행성까지 교류가 된다면서? 그러니까 그렇게 해주렴. 그것 말고는 그냥 무조건 무럭무럭 힘차게 자라는 게 네가 할 일이야. 벌레들에게 이파리 뜯겨서 불쌍한 꼴 되지 말고, 알았지?"

물론 일방적일 수밖에 없지만, 우리가 이런 이야기들을 나누고 있는데 생기 넘치는 초여름 바람이 민들레 산길을 타고 솔솔 내려왔습니다. 그러자 느릅나무 가지 끝에 매단 종이 댕댕 울렸습니다. 햇살 한 조각이 돌멩이 위에 툭, 하고 떨어지더니 반짝 빛났습니다. 그 순간 저는 바람과 종과 햇살의 저 즐거운 수작들이 분명 오늘 이 순간 제 말을 인정하는 증인들의 선서라고 생각해버렸습니다. (2008)

초봄 아침

토방의 아침 햇살이 이런 줄은 정말 몰랐습니다. 이 집을 새로 짓고 4년 가까이 되는데, 저는 오늘 아침 처음인 듯, 방 안으로 들어온 아침 햇살과 만났습니다. 지난 몇 년 동안 이 방의 커튼을 연 기억이 몇 번 없습니다. 두툼한 커튼이 쳐진 방 안은 언제나 은은한 빛 속에서 고요했습니다. 그런데 오늘 아침, 무슨 변덕인지 저는 자리에서 일어나자마자 커튼을 열었습니다. 그러자 순식간에 눈부신 아침 햇살이 방 안을 점령했습니다. 암갈색 흙벽 위로, 하얀 천장 위로, 나무 바닥 아래로 활짝 밀려든 햇빛 물결들로 작은 방 안이 포위되었습니다. 너무 환하고 너무 고요한 습격입니다. 저는 개지 않은 따스한 이불 위에 앉아 있다가 첨벙, 햇살에 빠집니다. 햇살은 출렁, 파문을 일으키며 벽과 천장, 방바닥을 따라 물결 지으며 퍼져갑니다. 어떤 향기가, 어떤 다정한 그림자 같은 게 햇살 속에서 일렁일렁 살아납니다.

창밖에서 이름 모를 새소리가 들려왔습니다. 까호르 깨호르!~ 방 안이 더욱 환해집니다. 나무가 햇빛을 붓으로 삼아 벽에 그림자를 그려넣듯이, 새는 제 노래 소리를 흙벽에 파 넣습니다. 소리의 높낮이를 따라가며 울퉁불퉁 흙벽 위에 새의 노래가 명랑하게 새겨집니다.

음표마다 노란 꼬리가 까닥까닥 흔들립니다. 그 음절을 받아 적으며 나도 따라해봅니다. 까호르 깨호르!~ 아침 햇살 속에 풀어놓은 제 긴 머리칼도 황금색으로 물들어 흔들립니다.

카메라를 들고 새를 찾아 앞마당으로 나왔습니다. 햇살은 환하나 바람이 불고 아직은 춥습니다. 마당에는 나무들이 많습니다. 쥐똥나무 울타리를 따라가며 자두나무 대추나무 살구나무 은행나무 복숭아나무 사과나무 뽕나무 능소화가 연이어 서 있습니다. 아직 잎이 나지 않은 나무들은 춥고 외로워 보입니다. 앙상한 가지들이 좌우로 아무렇게나 자유롭게 뻗어나가 있습니다. 그런데 무슨 이유 때문인지 뻗어나가다 멈춰 서서 허공에 날카로운 선 하나를 그어버린 가지도 있습니다. 움츠리고 서서 무엇인가를 기다리는 것 같습니다. 추위에 떨고 있는 이들도 머지않아 봄이 오고 잎사귀가 돋기 시작하면 정말 아름다울 것입니다. 화려하게 나부끼는 연초록 잎사귀들과 분홍 노랑 꽃송이들과 주렁주렁 매달린 열매들도 싱그러운 향기를 뿜어내겠지요.

새를 찾아 빙빙 돌다가 마당에서 제일 큰 가래나무를 봅니다. 저는 지금껏 저렇게 아름다운 나무는 본 적이 없습니다. 나무의 나이는 50년이 넘은 걸로 추정됩니다. 다른 나무와 달리 가래나무가 가장 아름다운 때는 잎사귀를 다 떨구어 지금처럼 온몸이 완벽히 드러나는 계절입니다. 제게는 그렇습니다.

하늘을 향하여 거침없이 수직으로 쭉 뻗어 올라간 단단한 기둥 위쪽에서 보기 좋은 곡선의 가지들이 사방으로 뻗어갑니다. 가지와 가지 사이도 적당한 간격이 있어, 가지 하나하나가 모두 반듯하게 드러납니다. 남성스러움과 여성스러움을 동시에 지니고 있는 가래나무는 당당하고 귀티 나고 우아하며 늠름합니다. 품위가 있습니다. 가래나무도 꽃을 피우긴 피우는데 어찌나 소박한지, 꽃인지 잎사귀인지 구별이 잘 안 됩니다. 향기도 없습니다. 그래서 가래 꽃이 피어나도 벌들은 안 옵니다. 저는 그 고고함이 아주 마음에 듭니다. 아니, 마음에 들 정도가 아니고 존경스럽습니다.

제 개인적인 느낌이지만, 어떤 나무는 추운 겨울에 아름답고 어떤 나무는 풍요로운 햇볕 속에서 아름답습니다. 가래나무는 단언컨대, 겨울에 더 아름답습니다.

'까호르새'는 어디로 갔는지 보이지 않는군요. (2004)

떨켜와 얼음의 시간

이제 막 새 이파리를 달고 나란히 줄지어 서 있는 쥐똥나무 울타리 위로 봄 햇살이 폭포처럼 쏟아집니다. 햇살에 반짝이는 이파리들은 눈부신 연둣빛을 사방으로 퍼트리네요. 봄 나무가 유난히 아름다운 이유는 이파리들 때문만이 아니지요. 지난겨울, 거센 추위 속에서 꿋꿋이 버텨온 것에 대한 감동이 더해지기 때문일 것입니다.

나무는 가을이 되면 '떨켜'라는 세포를 작동시켜 잎을 강제로 떨구어 냅니다. 잎사귀를 떨구어 잎으로 가는 물길을 봉해 수분을 빼앗기지 않게 하는 것이지요. 최소한의 에너지로 겨울을 날 준비를 시작한 나무는 그런 상태에서 겨울잠에 들어가는데, 몸 안에 얼음 세포라고 불리는 '얼음물'을 품고 있다지요. 너무도 놀라운 일은 이 차가운 얼음물이 다른 세포가 얼어 죽지 않도록 단열, 보온 역할을 한다는 것입니다. 그리고 봄이 오면 얼음물을 녹여, 가지 끝마다 수분을 전해주지요. 결국 봄에 피어 오른 꽃과 이파리들은 얼음물이 만들어준 선물인 셈입니다.

아끼던 사람이 있었습니다. 그녀는 평생 죽어라, '생태주의'라는 골치 아픈 공부만 했습니다. 그녀가 하는 일은 별로 돈벌이가 되지는 않았지만 형편이 어려운 사람을 만나면 호주머니를 몽땅 털었고, 티셔츠 하나도 교복처럼 오래 입어 보풀이 일었습니다. 옷이 낡았다는 제 말에 "세상에 가난한 사람이 너무 많아서 이런 옷을 입고 다녀야 덜 미안하다"고 대답했습니다.

고지식했고 가난했고 정직했으며 훌륭한 학자였지요. 학문하는 일이 자랑으로 비춰져 누군가에게 상처를 줄까 봐 늘 조심했습니다. 그러던 그녀에게 몇 년 전 자궁암이 찾아들었습니다. 상상을 초월하는 육체적 고통을 겪었지만, 그녀는 의연하게 자신의 얼음 세포인 고통을 힘껏 끌어안아 더 단단하고 깊고 따뜻한 사람이 되어갔습니다. 병을 이겨내려는 모습은 그 어느 때보다 아름다웠습니다. 지금 그녀는 세상을 떠났지만, 뒤에 남은 사람들은 그녀를 전보다 더 존경하게 되었지요.

사노라면 누구에게나 '떨켜와 얼음의 시간'이 찾아옵니다. 만약 어느 날, 우리에게 겨울이 찾아온다면 나무를 스승 삼아 꿋꿋이 견뎌야 합니다. 분명 새봄이 찾아올 테니까요. (2005)

눈 그친 저녁

아침부터 퍼붓던 눈발이 저녁 무렵에야 그쳤습니다. 마당 옆을 흘러 가는 작은 개울과, 개울 건너 앵두네 논도 눈 속에 파묻혔습니다. 가 까이, 그리고 멀리 보이는 첩첩한 산들도 온통 눈입니다. 세상은 한없 이 고요합니다. 바람도 자고 개들도 짖지 않습니다. 산마을은 두툼한 눈 이불을 덮고 잠들 채비를 합니다. 눈 그친 저녁, 마루에 엎드려 눈 쌓인 들판을 바라봅니다. 저녁 눈은 쓸쓸하고 푸릅니다.

'풀꽃운동'을 해온 지난 십여 년의 시간을 생각합니다. 아득하네요. 어떻게 거센 마음의 눈발을 헤치고 여기까지 왔는지 그냥 아득하기만 합니다. 눈길에 찍은 제 발자국들을 돌아봅니다. 보기 괜찮은지 비틀 비틀 흉한지 사실 잘 모르겠습니다. 하지만 눈 내린 땅에 발자국 하나 를 찍을 때마다 저는 소망했지요. 지금은 눈 덮인 땅 위를 걸어가지만

이 아래 땅 밑에는 봄이 있을 거라고. 맑은 개울물이 흘러가고 따스한 공기 속에서 꽃이 피고 나비들이 날아다니는 그런 시간이 잠들어 있을 거라고 생각했습니다.

　이 세상 모든 것들이 얼어붙어 있는 깊은 겨울, 제 발자국들도 눈 속에 얼어붙어 있습니다. 마음속에서 음표로 그릴 수 없는 둔중한 멜로디 하나가 지나갑니다. 삶의 밑그림은 슬픔입니다. (2009)

"지금은 눈이 덮여 있지만 땅 밑에는 봄이 기다리고 있겠지요."

2부
명랑한 저 달빛 아래

저는 원래 느린 사람입니다. 손바닥만 한 트랜지스터에서 모노로 나오는 흘러간 옛 노래의 느린 가락에 몸을 실으니 참 편합니다. 그건 추억이 깃든 노래라서 그렇다기보다는 느린 멜로디와 다그치지 않는 가사 때문이기도 합니다. 노래를 들으며 당연한 결심을 새삼스레 합니다. "모두들 뛰어도 나는 걸어갈 테다. 생에서 만나고 보는 모든 것들을 즐기며 천천히 살아갈 테다" 하고요.

H ——————————— G

Largo

공중에 음악을 매달고

　나뭇가지 사이에 스피커를 매달았습니다. 음악은 집 안과 집 밖에서의 느낌이 아주 다릅니다. 나무에서 흘러나와 공중으로 날아가는 음악 속에는 싱그러운 나무 냄새와 빛깔, 바람과 햇살, 대기에 가득 찬 명랑함까지 스며들어 있어서 아주 특별한 느낌을 줍니다. 음악이 공중을 채우면서 멀리멀리 날아가면 '노래에 날개가 있다'는 말이 실감납니다.

　저는 날씨에 따라 음악을 고르는데, 햇살 환한 날에는 어느 곡이든지 가릴 게 없이 다 좋습니다. 얼마 전에 서랍 구석에서 '해리 벨라폰테'(Harry Belafonte)의 CD를 찾았습니다. 이 CD는 구입한 지 한 12년 정도 되는데, 그동안 어디에 뒀는지 찾지를 못하다가 대청소를 하면서 서랍 한쪽 구석에 파묻혀 있는 걸 발견했지요. 해리 벨라폰테의 목소리는 매우 낭만적이며 부드러운 흙처럼 풍요롭습니다.

아주 오랜만에 그의 노래를 걸고 뒷마당 나무의자에 누웠습니다. 대학 시절에 친구와 함께 수백 번도 더 불렀던 〈자메이카여 안녕〉, 〈마틸다〉 그리고 〈서머타임〉을 들었습니다. 푸른 하늘에 흰 구름은 둥둥 떠가고, 바람은 제 얼굴에 초록 빛깔의 키스를 마구 퍼붓고 도망갔습니다.

저는 음악을 만든 적도, 스피커를 만든 적도, 나무를 만든 적도 없습니다. 바람도 푸른 하늘도 흰 구름도 만들지 않았습니다. 하지만 신비로운 자연 속에서 한 번도 만난 적이 없는 누군가가 만든 좋은 것들을 듣고 즐깁니다. 세상을 밝히는 일에 먼지만큼도 보탠 게 없는 것만 같은데 '공짜'로 이 모든 것을 듣고 느낍니다.

제가 할 수 있는 것은 그저 공짜로 주어진 이 모든 것들에게 감사와 찬탄을 보내는 일밖에 없는 것 같습니다. 그리고 남은 시간은 쓸데없는 일에 낭비하지 말아야겠다는 생각을 다시금 하게 됩니다. (2004)

짧은 불안, 오랜 습관

오늘 아침 일찍 병원에 다녀왔습니다. 지난 한 달 동안 제 목에 지속적으로 문제가 있었기 때문입니다. 목구멍이 붓고 조이면서 음성이 갈라지는 게 은근히 신경이 쓰이더군요. 아침이면 그래도 좀 덜한데, 오후가 될수록 증세는 심해졌습니다. 누구나 그렇겠지만 병원 가기가 참 싫어서 시간이 지나면 나아지겠지, 차일피일 미루며 버텨왔는데 점점 더 안 좋아지는 것 같았습니다. 그리고 어제, 증세가 한결 심해져서 하루 종일 목에 신경 쓰다가 오후 녘 우연히 목 언저리에 손이 갔는데 목덜미 좌우에 단단한 멍울 같은 게 만져졌습니다. 머릿속에 피가 확 몰렸습니다. 저는 지난 26년간 줄곧 담배를 피워왔고, 최근 5~6년간은 하루에 거의 두 갑 가까이 피웠지요. 그러니 긴장되는 건 당연했습니다.

저는 담배를 피워 물고 인터넷을 뒤지기 시작했습니다. 에구머니,

검색 자료에 뜬 내용을 보니 얼마나 심각한지요. 제 증세가 그 무서운 병에 해당되는 것 같기도 하고 아닌 것도 같았습니다. 검색 도중 계속 줄담배를 피워댔지요. 지금 제 목에 문제를 일으킨 원인이라는 걸 알면서도 담배를 꼬나무는 심사에는 '에라 모르겠다!'와 '설마?' 하는 마음이 동시에 있었습니다. 별 수 없이 잘 아는 분께 전화를 드렸습니다. 그분은 병원에 계신데 가끔씩 신세를 지고 있습니다. 제 이야기를 듣자마자 "바로 내일 오전 중으로 의사를 만나자"고 말하면서 수속을 밟아주겠다고 했습니다. 그때부터 저는 갑자기 진지해지기 시작했는데 얼마 후에는 매우 철학적인 심사로까지 변화되어버렸습니다. 그날 밤에 느닷없는 약속이 생겨 시내에 나갔는데 이 철학적 태도는 계속 유지되어 제 언행은 다른 때와 사뭇 달랐습니다. 큰 소리로 웃지도 않으며 말도 자제하고 아주 고요하고 사려 깊은 사람처럼 행동했습니다. 일부러 그러려고 한 게 아닌데, 저절로 그리되었습니다. 귀가해서 딸아이에게 고요하나 비장한 목소리로 내일 병원에 가게 된 사연을 얘기하니, 딸애 역시 무지무지하게 심각해져버렸습니다.

지난 밤 이후로 오늘 아침까지 수많은 생각들이 떠오르고 스러져갔습니다. 만약을 대비해 '현실적으로 정리해놓아야 할 서류상의 일'들을 생각하는 것만으로도 머리가 깨질 지경이었습니다. 게다가 아침에 눈을 뜨니 세상 풍경이 불러일으키는 정서적인 것들, 예를 들면 잠자리에서 눈을 떴을 때 방 안을 가득 채운 아침 햇살이라든지, 유리창 너머로 보이는 와우산에 핀 산벚꽃과 진달래꽃들이 다른 때와는 달리 매우 깊고 넓게 근원적인 느낌으로 확대되어 마음을 찌르는 것이었습니다. 현실과 감성이 두서없이 서로 겹치고 얽히면서 여간 복잡한 게 아니었습니다. '아이고, 머리 아파 미치겠다. 지금은 아무 생각도 하지 말자. 결정 난 것은 아무것도 없지 않은가.' 이렇게 이성적으로 다짐을 하는데도 그 순간뿐, 어느 사이엔가 똑같은 컴컴한 생각들로 머릿속은 단숨에 점령당하는 것이었습니다. 속수무책이었습니다.

세상의 봄꽃이란 봄꽃은 일제히 호호대며 피어나는 화창한 오늘 아침, 병원에 갔습니다. 대기 의자에 앉아서 몇 번이나 마음속으로 할 말을 요약하고 혹시 덧붙일 말은 없나, 궁리하고 있는데 제 이름이 불렸습니다. 가슴이 뛰었습니다.

젊은 의사가 차트 작성 때문에 기본적인 질문을 하는데, 저는 최대한 정확히 대답하려고 애썼습니다. 그리고 잠시 후에 이비인후과 과장님 방으로 들어갔습니다. 의사는 입을 벌리라고 하더니 제 혓바닥을 잡아 휴지로 감싸고는 쭉 잡아당겼습니다. 그러고는 "자, 아, 해보세요" 했습니다. 저는 느닷없이 혀가 잡힌 상태로 "아~" 했습니다. 의사의 손으로 강제로 잡아 빼진 혀 때문에 목구멍에서 '아'도 아니고 '어'도 아닌 짐승 같은 괴상한 소리가 나왔습니다. 참으로 낯선 제 목구멍이었습니다. 의사는 또 "에~ 해보세요" 했습니다. 그래서 "에~"
했습니다. 역시 괴상한 소리가 나왔습니다. 의사는 큰 마스크를 쓰고
진료를 하고 있었는데, 안경 너머로 보이는 눈빛만으로는 제 상태를
넘겨짚을 수가 없었습니다. 몇 차례, "아" "에" "이"를 반복시키던 의
사는 마스크를 벗지도 않은 채 "별일 아니고 목구멍이 건조해서 그렇
다"면서 몇 가지 충고를 해주었습니다.

"저어… 선생님, 목에 둥근 덩어리가…?"

"아, 그건 혈관이에요."

의사는 가볍게 대꾸했습니다. 아픔이 별 게 아니라는 진단을 받자
새삼 의사의 마스크가 눈에 들어왔습니다. 저분이 무척 친절하긴 하
지만 환자와 대화를 나눌 때 마스크를 벗으면 훨씬 인간적으로 느껴
질 텐데, 하는 생각까지 들었으니까요. 목구멍에 아무 문제가 없다는
말을 들으니 이제 마음에 여유가 생겼다는 뜻이지요. 아무튼 저는 괜
찮다는 진단을 받았습니다.

연구소로 돌아오는 길에 눈에 들어오는 모든 게 새삼 달라 보였습니
다. 매연을 내뿜으면서 오가는 차량마저 오늘 따라 새롭고 친숙하기
까지 했습니다. 담배 생각이 간절했습니다. 연구소 근처에서 내렸지
요. 연구소 근처에는 'Coffee Bean'이라는 커피 전문점이 있습니다.
그 집 커피 한 잔을 들고 근처 놀이터로 가, 해바라기하고 싶었습니

다. 실내 디자인이 단순 소박한 그 집은 너무 예쁘게 보이려고 노력하질 않아서 좋습니다. 또 가게의 문을 열고 들어가는 순간 실내 전체에 가득 배어 있는 커피향이 기분을 좋게 합니다. Coffee Bean에는 손님이 별로 없었습니다. 카운터에서 주문을 하다가 얼핏 창가로 눈길이 갔는데, 알듯 말듯 한 얼굴이 보였습니다. 머뭇머뭇하다가 잠시 후에 서로 확실히 알아보고 인사를 나누었지요. 한 5년 지났을까요. 아주 오랜만에 뵙는 분이었습니다. 그분은 오래전에 음악 취향을 바꿔보라면서 제게 CD 몇 장을 주고 가셨는데, 음악이 좋아서 요즘도 가끔 듣습니다. 반갑게 인사 나누며 연락처를 주고받았지요. 제 전화번호를 말씀드리니 그분은 핸드폰에 저장되어 있던 저의 옛날 번호를 확인한 후에 "아, 바뀌었군요" 그러면서 새 번호를 받아 입력하셨습니다. 그 순간, 아직도 제 번호가 그분의 전화번호부에 남아 있다는 사실이 놀라웠습니다. 자주 뵌 분도 아니고, 또 많은 시간이 지났는데도 어떤 사람의 수첩에 제 이름이 변함없이 적혀 있다는 사실이 놀랍고, 또 이상하게 고맙고 감동스러웠습니다.

큰딸이 세상을 떠난 후에 유품을 챙기면서 아이의 수첩을 보았습니다. 제가 아는, 혹은 모르는 사람들의 이름과 주소와 전화번호가 볼펜으로, 혹은 연필로 적혀 있었습니다. 또박또박 적은 이름도 있고 휘갈겨 쓴 이름도 있었는데, 아이가 쓴 글자들을 보자 가슴이 찢어지는 것 같았습니다. 저는 수첩에 적힌 사람들의 이름을 마치 큰딸을 만지듯 쓰다듬었습니다. 그들의 수첩에서 딸아이의 이름은 언제 지워졌을까요. 누구의 수첩에 이름이 적히고 지워지는 과정에 우리의 삶과 죽음이 들어 있습니다.

놀이터 부근에서 담배를 샀습니다. 라이터도 살까 하다가 근처에 있는 어떤 젊은 여자 분에게 빌렸습니다. 연둣빛 어린 나무 사이를 지나온 바람이 참 좋습니다. 벚꽃나무에서 어느새 한 잎, 두 잎 꽃잎이 떨어져 내립니다. 작년 이맘때도 그랬듯이 세상은 환한 봄입니다. 내년에도 봄은 여전하겠지요. (2004)

성격

저는 외골수입니다. 한번 결정하면 가급적 그대로 밀고 나가는 스타일입니다. 제가 다니는 약국이 있습니다. '이당약국'이라고 홍대 앞에 있지요. 저는 1977년부터 지금까지 쭉 이 약국에서 약을 지었습니다. 딸아이들은 아플 때마다 이당약국 약사님이 지어준 약을 복용하며 자랐습니다. 한 달 전쯤에 눈이 충혈되고 침침해져 약국에 들렀다 나오는데 등 뒤에서 옆 사람에게 말을 건네는 약사님 음성이 들려왔습니다.

"저분은요, 우리 약국에 30년 가까이 단골이세요. 허허!"

그 소리를 듣자 어깻죽지 양쪽이 뻑적지근해졌습니다.

1년에 몇 번, 한여름 폭염 속에서만 만나는 아주머니가 계십니다. 그분은 호수 옆으로 이어지는 좁은 길에서 복숭아를 파는 분이십니

다. 호숫가 근처에는 과수원이 많아 해마다 여름이 오면 과수원 아주머니들이 첫새벽에 딴 싱싱한 복숭아나 자두를 들고 길가로 나옵니다. 호숫가 길을 따라 예쁘고 사랑스런 과일 천막들이 눈부신 여름 햇살 아래 드문드문 펼쳐져 있는 모습은 그 자체만으로도 매우 낭만적입니다. 특히 아주 무더운 팔월의 어느 한낮, 그러니까 길 위에서 튀어 오르는 햇빛의 어지러운 반사와 그 반사로 하얗게 표백된 것처럼 보이는 눈부신 길과 무섭도록 무성하면서도 이상하게 적막한 녹음을 배경으로 뜨겁게 달궈져서 고독하게 서 있는 여러 빛깔의 천막들은 그곳에서만 펼쳐지는 독특한 여름 풍경입니다.

저는 그 중에 꼭 한 아주머니 댁에만 갑니다. 그분 천막은 길이 조금 휘어지는 얕은 언덕 위쪽에 푸른 하늘을 배경으로 서 있습니다. 다른 집과 달리 언덕 위의 그 집은 아주 목가적으로 보입니다. 천막 너머로 파란 여름 하늘에 뭉게구름이 희게 피어오를 때, 붉은 천막 안에서 복숭아처럼 붉게 잠겨 있는 아주머니의 모습은 뭐라 표현할 길이 없이 마음을 건드립니다.

아주머니 댁 복숭아는 특별히 맛있지는 않습니다. 딱딱한 편이고 당도도 좀 떨어집니다. 그러나 저는 언덕 위의 그 천막을 한 번 찜한 후로는 절대로 다른 집으로 가지 않습니다. 특별한 이유는 없습니다. 다만, 제 마음을 '복숭아는 언덕 위의 그 천막집이다'로 정했으니 그렇게 하는 것뿐이지요. 저는 복숭아만을 먹는 게 아니고 복숭아 천막을

싸고도는 모든 풍경을 먹는다는 생각이 들기도 합니다.

며칠 전에 올해 들어 처음으로 아주머니를 만났습니다. 한 해 만이지요. 저는 마치 어제 헤어진 사람처럼 인사를 드렸습니다. 그리고 복숭아 농사는 잘 되었느냐고 물었습니다.

"네, 올해는 괜찮아요."

아주머니의 대답이 제 마음을 편하게 합니다. 복숭아 두 상자를 샀습니다. 아주머니는 덤으로 몇 개를 더 주십니다. 제가 나타나면 반가워서 입이 귀에까지 걸리곤 하는 이 아주머니를 올해 복숭아 철이 다 지날 때까지 몇 번은 더 만날 것입니다.

살면서 많은 사람을 만납니다. 제 성격 속에는 무엇이든 많이 지니면 매우 부담스러워하는 구석이 있습니다. 같은 물건도 하나 이상 생기면 반드시 다른 사람에게 줍니다. 어떤 때는 하나밖에 없는데도 남을 준 적이 종종 있습니다. 사람 관계도 이런 성격이 영향을 미쳤는지 많이 사귀지를 못했습니다. 상대의 얼굴과 이름, 하는 일 등을 아는 것은 한 사람에 대한 단순한 정보일 뿐 그것을 안다고 해서 곧 만남으로 이어지는 것은 아니지요. 대신 한 사람을 사귀면 단골 약국이나 단골 과일 가게처럼 끝까지 가려고 애썼습니다. 왜 그런지는 저도 잘 모릅니다. 세상은 자주 다양한 만남을 권고하곤 하는데, 그보다는 '깊은 만남'을 무의식중에 원하는 저는 아무래도 구식인가 봅니다. 아는 사람의 숫자가 많아야 삶의 질이 높아지는 건 아니겠지요. 그런데 요즘 들어 이런 성격이 혹시 저를 편협하게 만들지나 않을까 하는 생각이 잠깐씩 들기도 합니다. (2004)

한밤중에 바느질을 하다가

저는 한밤중에 혼자 앉아 가벼운 일에 몰두하기를 좋아합니다. 음악을 낮게 켜놓고 다림질을 하거나 옷을 꿰매거나 하는 일이 그것입니다. 물론 일도 일이지만 그보다는 그런 일들을 통해 힘들이지 않고 이리저리 가볍게 '마음'을 들여다볼 수 있는 특별한 시간을 갖기 때문에 참 좋습니다. 뜨개질도 마찬가지입니다. 혹 지하철이나 공원 한쪽에서 뜨개질하는 여인의 얼굴을 조금이라도 예민하게 관찰한 경험이 있다면, 그녀가 단지 뜨개질만 하는 게 아니라는 걸 금방 알 수 있을 겁니다.

새벽 두 시경, 지금 제 일감은 낡은 아이보리색 면 블라우스에 변화를 주는 일입니다. 몇 년을 입었더니 보풀이 일고 때도 지지 않아 추레한 목둘레는 산뜻한 장식이 필요한 상태입니다. 그래서 마루에 앉아 다양한 꽃무늬 천 조각들로 가득 찬 상자 뚜껑을 열고 뭐가 맞을지

뒤적입니다. 그러다 마침내 알맞은 무늬를 찾아냅니다. 조그마한 분홍과 노랑, 파랑 꽃들이 프린트된 면인데, 블라우스에 대니 목덜미 부분이 금방 화사하게 생기가 돕니다.

옷은 참 이상합니다. 치마든 블라우스든 아무리 낡아도 조금만 신경을 써서 새롭게 장식을 해주면 금방 느낌이 달라집니다. '후줄근함'에서 벗어나 예쁘게 생기가 돌고 사랑스럽게 변합니다. 저는 이 작은 손질이 불러일으키는 명랑한 변화가 즐겁습니다.

기온이 영하 몇십 도로 내려간 깊은 겨울밤입니다. 밖은 엄청 춥습니다. 바람은 하늘에서 크고 기다란 천 조각처럼 펄럭거립니다. 공중에서 무서운 속도로 서로 엉키고 날카롭게 소리 지르며 이리저리 몰려다닙니다. 그러다가 느닷없이 외마디 비명을 지르며 얼어붙은 허공을 확! 하고 단숨에 찢어버립니다. 문득 쫓기던 바람 한 자락이 제 집 창까지 날아와 급하게 창문을 두드립니다. 덜컹덜컹!

저는 바느질이 서툴러 자꾸 손가락을 찌릅니다.

낮게 켜놓은 라디오는 피아노 소리로 가득 차 있습니다. 음들은 속삭이는 듯한 느낌을 주면서 텅 빈 마루로 동글동글 굴러 나옵니다. 라디오 안에서 한 남자가 허밍으로 멜로디를 따라 합니다. 연주자인 글렌 굴드입니다. 얼마나 깊이 음악 속에 빠져들어 연주했던지 그 자신도 모르게 따라 부른 멜로디까지 그대로 녹음되어 있습니다.

글렌 굴드는 그의 성공이 절정에 달한 서른두 살에 자진하여 대중의 사랑으로부터 도망쳤다고 합니다. 대문의 문패를 떼어내고, 인터뷰는 전화로만 했으며, 대중에게 '사랑받지 않기 위해' 눈물겨운 노력을 했다지요. 그리고 녹음실에 틀어박혀 오로지 피아노만을 매개로 자기 자신과 마주 앉았습니다.

제 손은 멜로디를 따라가며 바느질을 합니다. 한 땀을 뜨면 음 하나가 옷깃에 꿰매어지고, 또 한 땀을 뜨면 마음에 꿰매어집니다. 많은 사람들이 소외를 두려워합니다. 다른 사람들과 분리되지 않으려고 다양한 노력을 합니다. 오늘 밤, 블라우스를 수선하면서 제가 무엇을 가장 두려워하는지 제 안을 살펴봅니다. 낡은 블라우스를 수선하듯, 그 '무엇'을 어떻게 손질해야 산뜻하고 예쁠 것인지에 대해서도 생각합니다. (2007)

빨래터에서

　자두나무 집 담장 끝 쪽에 개울로 내려가는 돌계단이 있습니다. 그 계단 아래에 아주 작고 예쁜 빨래터가 있는데, 바로 앵두네 큰할머니의 전용 빨래터입니다. 적당한 크기의 돌멩이를 쌓아 만든 물웅덩이가 하도 사랑스러워 저는 그곳을 선녀탕이라고 부릅니다.

　제가 이 마을로 이사 온 지난 10여 년 동안, 등이 기역자로 굽은 할머니는 매일매일 빨래터에 나와 옷가지들과 수건, 그리고 걸레를 빠셨습니다. 저는 할머니가 빨래하시는 모습을 참 좋아했습니다. 특히 여름 한낮, 부드러우면서도 리드미컬한 방망이 소리가 개울가에 울려 퍼지면 괜히 마음이 다정해져서 일 없이 개울 주변을 빙 돌고는 했습니다.

　그런데 이제는 더 이상 방망이 소리가 들리지 않습니다. 지난여름 할머니께서 노환으로 세상을 떠나셨기 때문입니다. 할머니가 가신 후, 빨래터는 찾아오는 사람이 없어서 고요해졌습니다. 가을이 오자 붉으면서도 보랏빛 도는 풀꽃들이 빨래터 주변에 무성했습니다. 연구소로 올라가다가 그 모습을 보고 발길이 멈춰졌습니다. 풀꽃들은 물기가 없는 빨래판 돌을 둥글게 감싸 안고 저희들끼리 뭐라 뭐라 소곤대고 있는 것처럼 보였습니다. 고요한 물 밑에는 작은 물고기 몇 마리도 헤엄치고 있었습니다. (2006)

새우젓 항아리

어머니께 물려받은 물건이 세 개 있는데, 돌절구와 새우젓 항아리, 그리고 화초 한 그루입니다. 돌절구는 사정이 있어 간직하지 못했고, 자태가 고상해서 '파부인'이라 이름 붙인 화초와 새우젓 항아리는 지금도 간직하고 있습니다.

무릎 약간 위까지 올라오는 길쭉한 형태인 새우젓 항아리는 좀 남다르게 생겼습니다. 아래쪽은 좁고 위로 올라갈수록 입구가 넓어, 보기에도 약간 불안하게 느껴질 뿐 아니라 바닥도 수평이 맞지 않아, 서 있는 모양 역시 삐뚜름합니다. 하지만 이 작품을 만드신 분께서 항아리를 빚을 때 예술적 흥이 출렁출렁 넘쳤는지 표면에는 바람에 휘날리는 풀 이파리 몇 잎을 큼직하게 새겨 넣었고 안쪽 역시 항아리 전체에 오톨도톨한 '엠보싱 빗살무늬'를 새겨 넣어 상당히 멋을 부린, 그야말로 예술'쩍' 새우젓 항아리라 할 수 있겠습니다.

항아리의 역사는 매우 깁니다. 제 어머니는 시어머니께 물려받았고, 시어머니, 즉 제 친할머니는 당신의 시어머니께 물려받았으니까 저까지 4대째 내려오는 물건이지요. 새우젓 항아리가 제 어머니와 만나기 전에 어떤 역사를 간직했는지 모르지만 어머니와 함께하는 동안에는 어머니가 걸어가신 삶의 궤적을 따라 참으로 바쁘고 힘든 여정을 계속했습니다.

일제 시대에 부농의 딸로 태어나신 어머니는 고향이 충남 부여였는데 같은 부여군에 사는 뼈대 있고 똑똑한, 그러나 가난한 정씨 댁 둘째 아들과 혼인을 하여 새태굴이라는 곳에서 시부모님은 물론 시누들과 시동생들을 층층시하에 모시고 사셨습니다. 마을 이름은 물사태인지 산사태인지 하여튼 사태가 자주 나서 사태골이 '새태굴'로 불렸다고 들은 기억이 있습니다. 어머니는 그곳에서 몇 년을 사시다가 첫딸을 낳은 뒤 서울로 올라오셨습니다. 아버지께서 서울에 직장을 잡으셨기 때문입니다. 낯선 땅에서 새살림을 시작하는 며느리에게 할머니는 아끼던 새우젓 항아리를 내주셨답니다. 하지만, 정작 부모님이 서울로 떠나시던 날에는 방문을 꼭 닫고 내다보지도 않으셨다 합니다. 자식들이 떠나는 모습을 차마 보기가 괴로웠던 것이지요.

그때부터 새우젓 항아리는 어머니와 함께 긴 여정에 들어갔습니다. 처음에는 아버지 직장이 있는 삼청동에 머물렀지요. 그러다가 해방되기 얼마 전에 아버지께서 직장을 접고 요즘으로 말하면, 슈퍼마켓에 해당하는 가게를 노량진에 열게 되어 자리를 옮기셨습니다. 저는 노량진에서 태어났지요. 제가 태어나고 반년 만에 6·25가 터졌습니다. 어머니는 서울 살림을 접고 다시 시골로 피난을 가셨는데, 얼마나 촌구석인지 이름도 '상촌'이었습니다. 거기서 농사지으며 잠시 사시다가 어느 날 작은 나무배에 올망졸망 이삿짐과 우리 형제들을 싣고 금강 줄기를 타고 올라와 세도면의 '여뫼'라는 곳으로 옮겨 앉았습니다. 전쟁이 끝난 후에는 아버지께서 대전에 직장을 잡게 되어 온 가족이 다시 도시로 이사를 나왔습니다. 아버지는 청렴한 세무 공무원이셨는데 적은 월급으로 우리 여덟 식구가 먹고살기도 빠듯했지요. 줄줄이 사탕처럼 나날이 늘어가는 자식들의 교육비가 걱정되신 아버지는 따로 집장사를 시작하셨습니다. 집장사라는 게 말이 거창하지 실은 별게 아니어서 집을 사서 수리를 한 후, 이윤을 조금 붙여 다시 파는 일이었습니다. 그러다 보니 어머니는 1, 2년에 한 번씩은 짐을 쌌다 풀었다를 반복해야 했습니다.

대전에서의 기억은 저도 선명합니다. 시골에서 올라와 처음 자리를 잡은, 마당이 넓은 보문동 집을 시작으로 툇돌 아래에 빙 둘러가며 채송화를 심었던 문창동 집, 넓은 대청이 아직도 기억에 남아 있는 대흥동 사거리 근처에 있던 집, 겨울이면 뒤꼍에 땔감용 나무를 높이 쌓아두었던 도청 근처 집, 유년의 기억이 가장 많이 남아 있는 대전극장 뒤에 있던 한옥, 그러다가 제가 중학교에 들어가던 60년대 초, "아무리 애써도 공무원 월급으로는 도저히 학비를 못 대겠다"며 양은공장을 하시겠다고 세무서에 사표를 내신 후, 가족들을 데리고 간 시커먼 공장 지대의 막막한 원동 집, 막냇동생이 의과 대학에 다닐 때 이제는 자식 교육이 거의 끝나서 고단했던 사업을 접고 서울로 올라와 새롭게 자리를 잡으신 사당동 집, 그리고 마지막으로 돌아가실 때까지 사시던 합정동 집까지.

일제 시대와 전쟁, 4·19와 5·16을 거치면서 그 긴 세월을 우리 여덟 가족이 먹을 김치와 호박볶음, 계란찜의 밑재료를 품어주던 그 새우젓 항아리는 언제나 어머니와 함께 세월을 같이했던 것입니다.

새우젓 항아리가 제게 온 이후에 저는 더 이상 새우젓을 담지 않았습니다. 대신 꽃을 담아주었습니다. 갤러리를 운영하며 그림 작업을 했던 10여 년 동안 새우젓 항아리는 그래서 언제나 향긋했습니다. 당시 저는 꽃이 아주 큰 기쁨이어서 일주일에 한 번은 꼭 남대문 꽃시장에 들러 들꽃들을 잔뜩 사 와 작업실 한 편에 세워둔 항아리에 꽂았습니다. 들꽃과 새우젓 항아리는 보기 드문 하모니를 연출합니다. 특히 조팝나무 꽃이 피는 사월이면 넘실대는 조팝꽃을 안고 있는 소박한 모습이 참으로 아름다워서 그림을 그리다가도 자주 바라보고 너무 좋아서 혼자 미소 짓곤 했습니다.

그러면서 아버지가 세상을 떠나시고, 어머니도 뒤따르셨습니다. 어머니께 새우젓 항아리를 물려받은 게 사십대 초반이었는데, 어느새 육십대가 코앞입니다.

몇 년 전부터는 꽃에 대한 집착이 사라지면서 항아리에도 무심해졌습니다. 지금 항아리는 텅 빈 채로 현관 한 구석에 있는 듯 없는 듯 편안하게 버려져(?) 있습니다. 별 생각 없이 우산을 꽂아두기도 하고 어떤 때는 읽지 않는 신문도 꽂아놓습니다. 추억이니 그리움이니 하면서 항아리에 의미를 붙여 귀히 간직할 수도 있지만 편안하게 무시하고도 아무렇지도 않은 이 무심함은 아마도 나이가 주는 선물인지도 모릅니다. 그것이 어디 새우젓 항아리뿐이겠습니까. (2007)

명랑한 저 달빛 아래

　자정이 조금 지났습니다. 큰 잔에 차를 가득 따른 뒤에 산풀 님과 앞마당으로 나왔습니다. 열사흘 푸른 달이 마당을 환히 비추는 봄밤은 차고 향기롭습니다. 마주 보이는 건너편 논도 달빛 출렁하고 얼음이 풀려 기쁜 듯 흘러가는 시냇물소리에도 푸른 달빛이 스며들어 있습니다.

　우리는 나직나직 이야기를 나눕니다.

　"엊그제 히스토리 채널을 보았거든. 재클린 케네디 이야기가 나오더라. 그 사람은 케네디가 죽고 난 후에 인터뷰를 했는데 내용 공개는 2067년 이후에 하라고 했대. 인터뷰 내용이 공개되면 당시 주변에 있던 많은 사람들이 상처를 입게 되니 그들이 다 세상을 떠난 후에 알리라는 뜻이었나 봐. 2067년, 지금으로부터 60년쯤 후에 공개하라는 거야. 우리는 그때까지 살아 있을 리가 없으니 거기 뭔 내용이 담겨 있는지 모르고 죽겠지?"

"오로지 사랑 하나만 남은
그런 무서운 사람이고 싶습니다."

2067년이라는 숫자는 자연스럽게 제 생의 남은 시간을 생각하게 합니다. 미래의 계획들, 예를 들면 정부가 장기간에 걸쳐 설립할 사회 기반시설에 대한 설계도를 내놓을 때, 혹은 수십 년 후 한국의 기후를 예측하는 뉴스를 접할 때, 또 이제 겨우 두 살인 연구소의 거위 '맞다' 와 '무답'이의 평균수명이 40년이라는 걸 알았을 때, 먼 훗날 제가 이 세상에서 사라졌을 때 이루어질 일들을 미리 알게 될 때 제 감정은 이상해집니다. '그때 나는 이 세상에 없을 텐데, 그런 일들이 일어나겠구나.' 표현이 잘 되질 않습니다만 묘한 느낌에 사로잡히게 됩니다.

"산풀, 만약 시간을 거리로 재볼 수 있다고 가정한다면 그래서 젊어서의 10년을 1미터라고 가정해본다면 나이 들어 10년은 아마 50센티도 안 될 거야. 시간의 길이야 변함없지만 나이에 따라 받아들이는 느낌의 차이가 그렇게 크다는 것이지."

산풀 님은 고개를 끄떡끄떡합니다.

오늘 아침, 가래나무 아래 작은 새 한 마리가 죽어 있는 것을 보았습니다. 외상은 전혀 없습니다. 손 안에 쥐어보니 아직 따스한 온기가 감돌았습니다. 시골에 살면 새들이 알 수 없는 이유로 세상을 뜨는 걸 봅니다.

"새야, 어쩌다가 이런 일을 당했니!"

저는 한줌밖에 안 되는 어린 새를 자두나무 아래에 묻으며 중얼거렸습니다.

산풀 님과 이야기를 나누면서 달빛 젖은 자두나무 그늘을 바라봅니다. 거기 잠든 이름 모를 산새를 생각하며, 늘 내리는 결론을 다시 한번 또 내립니다. 표현하기조차 힘든 비극적인 일이 다반사로 일어나는 이 세상에서 우리에게 주어진 기쁨들이 결코 작은 게 아니라고요. 그래서 오늘 이렇게 휘황한 봄밤을 100%, 아니 1000% 즐기자고 다짐합니다. (2008)

제대로 질문하기

아침 청소를 하다가 라디오에서 들었습니다.

급히 받아 적어 불확실하긴 하지만 독일에 '칼 리스텐파르트'라는 1900년에 출생한 지휘자가 있었답니다. 그는 전후 독일 국민이 받은 상처와 고통을 위로하기 위해 많은 연주를 했으며 그런 노력은 독일 국민에게 큰 힘이 되었다고 합니다. 해설자는 그의 대표적 연주 작품인 바흐의 칸타타와 〈브란덴부르크 협주곡〉을 틀어주었습니다.

음악 프로가 거의 끝나갈 무렵, 한 생각이 떠올랐습니다. 카살스 역시 고국인 스페인이 내전으로 극심한 고통 속에 있는 것을 보고 그의 음악에 반전 메시지를 담아 전 세계에 알렸습니다.

"그렇다면 우리에게는 누가 있지? 전쟁으로 절망에 빠진 우리 국민들을 위로한 예술인으로 누가 있을까? 그런 예술인이 없다면, 우리가 감동으로 기억하고 감사할 만한 정치인, 종교인, 지식인으로 누구를

꼽을 수 있을까?"

제가 과문해서 그런지 얼른 생각나는 분이 없었습니다. 그러면서 자신에게 묻고 대답하는 이 짧은 과정을 통해 전에는 잘 몰랐던 제 자신에 대해 알게 된 점이 있습니다. 예전 같으면 "음, 독일에 그런 지휘자가 있었구나" 하고 말았을 텐데, 지금은 "그렇다면 우리에게는?" 하고 다음 단계의 질문을 하게 되었다는 점입니다. 이런 질문이 일견 대수롭지 않아 보일지 모르나, 사실 대수로운 것입니다. 질문을 한다는 것은 성숙해지고 있다는 증거이며, 다른 식으로 표현하자면 제대로 된 질문이야말로 일종의 능력이기 때문입니다. 저는 환경운동 판에 들어온 이후, 다양한 사람들과의 만남과 토론을 통해 지금에서야 비로소 이 작은 질문을 하게 되었습니다. 그 전에 평범한 삶을 살던 저에게 국가나 사회, 역사에 대해 질문하기가 쉬운 일이 아니었기 때문입니다.

타고나기를 둔해서 저는 이렇게 더디게 겨우 한 발자국씩 앞으로 떼는데, 시간은 화살보다 빨리 지나갑니다. 한 일도 없는데 어느새 올해가 반도 넘게 지나갔으니까요. (2007)

흐린 날의 기도

이런저런 생각들은 아주 조금만 하게 하시고
드디어는 그 생각조차 모두 버려
오로지 사랑 하나만 남은
그런 무서운 사람이고 싶습니다. (1993)

트랜지스터가 생겼습니다

트랜지스터를 선물로 받았습니다. 스피커가 한쪽만 있는 편지봉투만 한 크기입니다. 테이프와 AM, FM 라디오를 들을 수 있는 이 구식 라디오는 특별한 즐거움을 불러일으킵니다.

트랜지스터가 생기자마자 테이프를 구하러 춘천 시내로 나갔습니다. 장현과 신촌블루스, 해바라기와 '4월과 5월,' 그리고 서걱서걱한 아이스크림 같은 목소리를 지녔던 가수 전영의 〈서울야곡〉도 찾아 듣고 싶었습니다.

"봄비를 맞으면서 충무로 걸어갈 때 쇼윈도 그라스엔 눈물이 흘렀다."

전영의 목소리에는 노스탤지어가 있습니다. 참 이상한 것은 젊은 날에는 가요보다는 팝송을 많이 들었음으로 당연히 팝송을 사야 될 것 같은데, 나이가 들수록 우리 옛 가요가 좋아진다는 것입니다.

시내 한가운데 있는 레코드 가게에는 테이프가 별로 없었습니다. 요즘에 거의 모든 사람들이 CD로 노래를 들으니 품절되었어도 좀처럼 재생산하지 않는답니다. 이런 추세로 나가면 머지않아 더 이상 테이프로 음악을 듣기는 힘들 것 같습니다. 겨우 몇 개를 골랐습니다.

마루에 앉아 트랜지스터 한쪽을 열고 테이프를 밀어 넣었습니다. 사소한 동작을 하는 그 순간, 그 동작을 수천 번 반복했던 이십대의 청춘이 단숨에 와아, 함성처럼 일어섭니다. 주먹만 한 건전지를 고무줄로 칭칭 감아 창턱에 올려놓고 '비지스'니 '닐 다이아몬드'니 '돈 호반'의 노래를 듣던 바로 그날들입니다. 찬바람이 몰아치는 겨울 교정에서 오페라 카발레리아 루스티카나의 〈오렌지 향기는 바람에 날리고〉를 듣던 그날들입니다.

마당 한구석에는 며칠 전에 내린 눈이 얼어붙어 있었습니다. 저는 마루에 엎드려 지나간 청춘을 깔고 노래를 들었습니다. 청회색 저녁물이 들어가는 추운 마당을 바라보며 허밍으로 노래를 따라 불렀습니다.

마음이 조용하고 느려집니다. 천천히 흐르는 멜로디 탓입니다. 요즘 노래는 거의 대부분이 매우 빠르고 반말에 소리 빽빽 지르고 춤은 필수인 것 같습니다. '보는 노래'라고 할 수 있지요. 그렇다면, 예전 노래는 '듣는 노래'입니다.

노래가 달라졌듯 세상도 달라졌습니다. 사회 전반에 걸쳐 일어나는 변화와, 변화의 속도와 그에 따른 사람들의 의식 변화는 저처럼 단순한 사람에게는 감당키 어렵습니다. 하루하루 사는 일에 모두들 100미터 단거리 경기에 출전한 선수들처럼 긴장 상태로 임합니다.

뭔가 좋지 않은 큰 사건이 터지면 다 같이 염려하고 탄식하고 분노합니다. 그런데 저녁 뉴스가 평온한 날에는 참 다행이다, 하면서도 한편으로는 은연중 '심심함'을 느낍니다. 평화로움을 원하면서도 다른 한편으로는 뭔가 매일 터지기를 기대하고 흥분합니다. 사회는 매 순간, 변화! 변화!를 외치는 듯하고, 변화의 속도를 따라가지 못하면 뒤처지는 듯한 불안감을 느끼게 합니다.

얼마 전에 몇 명의 젊은이들로부터 "자기들도 이 변화에 잘 적응하는 것은 아니다. 따라가기가 힘들다"는 고백을 들었습니다. 그 말을 듣고 놀랐는데, 그 까닭은 젊은이들은 지금의 변화를 매우 즐기며 쉽게 따라가는 줄 알았거든요. 그렇다면 이렇게 시끄럽고 거칠게 몰아치는 그것은 무엇일까요. 누가 "달려라! 달렷!" 하고 우리에게 채찍질을 하는 걸까요. 아니면 남들이 달리니 엉겁결에 덩달아 달리고 있는 걸까요. 쫓기듯 사는 삶이 피곤하지 않은 사람이 어디 있을까요. 왜 자진하여 처지거나 천천히 걸으려 하지 않을까요.

저는 원래 느린 사람입니다. 손바닥만 한 트랜지스터에서 모노로 나오는 흘러간 옛 노래의 느린 가락에 몸을 실으니 참 편합니다. 그건 추억이 깃든 노래라서 그렇다기보다는 느린 멜로디와 다그치지 않는 가사 때문이기도 합니다. 노래를 들으며 당연한 결심을 새삼스레 합니다. "모두들 뛰어도 나는 걸어갈 테다. 생에서 만나고 보는 모든 것들을 즐기며 천천히 살아갈 테다" 하고요. 하긴 나이 들어서 이제는 잘 뛰지도 못 합니다만. (2006)

"인생은 짧으니 오롯이 즐겨야 한다"

올겨울은 더욱 심각해진 지구온난화 덕분(?)에 봄인가 싶을 정도로 따스한 날이 이어졌지요. 그러더니 요 며칠 기온이 뚝 떨어져 비로소 겨울다워졌습니다. 이곳도 산과 들에 쌓인 눈이 한낮에도 꽁꽁 얼어 있어 보기만 해도 추운 느낌이 듭니다. 겨울 해는 일찍 떨어져 밤도 빠르게 찾아오고, 좁은 마을길은 순식간에 얼어붙어 적막한 어둠에 휩싸입니다. 뉴스에서 금년 들어 최고의 추위가 찾아왔다느니, 어디는 영하 몇 도, 어디는 몇 도, 합니다. 일기예보만 들으면 세상은 그야말로 무서운 추위에 갇힌 것 같습니다. 그런데 저는 이런 말들이 호들갑처럼 느껴집니다. 아무리 춥다 춥다 해도 예전 같지는 않기 때문입니다.

제 유년 시절은 정말 추웠습니다. 아침이면 마당의 우물물을 퍼서 세수를 했는데 얼마나 날씨가 추운지 물에서 김이 무럭무럭 났습니다. 빨리 씻고 방 안으로 쿠당탕 뛰어 들어와 문고리를 잡으면 젖은 손이 문고리에 닿자마자 얼어서 쩍, 소리를 내며 달라붙었습니다.

결혼한 후 저희 집 아이들이 '국민학교'에 다닐 때도 날씨는 매우 추웠습니다. 너무 추운 날이면 애들을 학교에 보내지 않았습니다. '이 강추위에 여리디 여린 것들이 두 볼이 시퍼렇게 얼어 터지면서까지 학교에 가서 배울 게 뭐 그리 대단하단 말인가.' 그렇게 생각했지요. 그런 날은 담임선생님께 전화를 드렸습니다.

"선생님, 애가 오늘 몸이 아파서 등교하지 못합니다."

선생님께서는 저희 집 애들은 왜 추운 날만 되면 그렇게 꼬박꼬박 아픈지 의문을 품으셨을지도 모릅니다. 그런데 '세상에서 가장 부지런한 영혼'이라는 칭송을 받고 있는 동화 작가 타샤 튜더 할머니 역시 저와 같았다는 걸 알게 되었습니다.

할머니가 말합니다.

"아이들이 어렸을 때 눈이 펑펑 내리면, 우린 명절처럼 좋아했다. 돌려서 거는 전화가 있어서, 학교가 휴교한다는 연락이 오곤 했다. 이렇게 잘될 수가! 정말 축제를 벌였다. 하지만 휴교하지 않아도 우린 늘 학교에 안 갈 구실을 만들어냈다." ㅡ『행복한 사람, 타샤 튜더』, 154쪽.

이 구절을 읽으니 얼마나 반갑던지요.

"그럼 그렇지, 여기 동지 한 분이 계시는구나."

부지런하고 유쾌한 타샤 할머니의 삶이 근래 자꾸 제 마음을 건드립니다. 19세기 생활을 좋아해서 베틀에 앉아 손수 천을 짜서 옷을 해 입고 염소젖으로 요구르트와 치즈를 만들며, 앤티크 의상을 모으고 옛날 드레스를 입고 살며, 동물들을 깊은 애정으로 대하는 91세의 건강한 할머니. 설거지와 다림질을 즐기고, 잼을 저으면서도(우리 식으로 표현한다면 김치를 담그면서도) 셰익스피어를 읽는 이 할머니 생각이 참 근사하기 때문입니다.

"나는 요즘도 골동품 식기를 생활에서 사용한다. 상자에 넣어두고 못 보느니, 쓰다가 깨지는 편이 나으니까. 내가 1830년대 드레스를 입는 것도 그 때문이다. 의상 수집가들이 보면 하얗게 질릴 일이다. 하지만 왜 멋진 걸 갖고 있으면서 즐기지 않는담? 인생은 짧으니 오롯이 즐겨야 한다." ― 앞의 책, 141쪽.

의상 수집가가 하얗게 질린다고 한 말의 뜻은 할머니의 옷이 워낙 귀해 엄청난 고가로 팔리기 때문이랍니다.

어쨌거나 할머니의 이런 태도는 정말 기분 좋습니다. (2007)

편지

　햇살 환한 아침에 눈이 옵니다. 춘설입니다. 눈은 봄 햇살 속을 나비처럼 팔랑대다가 채 땅에 닿기도 전에 공중에서 스러집니다. 쥐똥나무 울타리 너머로 개울이 보입니다. 개울가에 키 큰 풀들은 봄눈 속에서 부드러운 곡선을 만들며 휘어집니다. 풀들은 추운 겨울을 나는 동안 한파에 시달리면서 원래 지닌 빛깔이 점차로 옅어지더니, 지금은 아주 맑은 갈색을 띕니다. 그래서 더 가볍고 더 맑아 보입니다. 사람도 생에서 일어나는 온갖 험난하고 무거운 시련들을 이겨나간다면 끝내는 저 풀처럼 맑고 가벼워지는 게 아닐까 싶습니다.

　공기는 청명합니다. 마당에 서서 한 손으로 허리를 짚고 양치질을 하다가 눈앞에 펼쳐진 찬란한 풍경에 마음이 설렙니다. 그리고 이 아름다운 풍경을 바라보는 제 마음을 편지로 써서 우체통에 넣고 싶은 충동을 느낍니다.

글자를 배운 이후, 제 첫 편지는 '국군 아저씨'께 보내는 위문편지로 시작했습니다. '얼굴도 모르는 국군 아저씨께'라고 첫 줄을 써놓고는 이어갈 말이 없어서 아주 막막했던 기억이 있습니다. 점차 나이 들면서 편지를 보낼 대상도 다양해져갔습니다. 학교에서 매일 만나는 친구에게도 집에 돌아와 우정을 다짐하는 편지를 써 우체통에 넣었고, 부모님과 떨어져 서울에서 학교를 다닐 때는 안부 인사와 함께 "용돈이 떨어졌어요, 감기가 들었어요, 시험 기간이에요" 등등 다양한 내용의 편지를 써 보냈습니다. 얼마나 편지를 자주 썼는지 40년의 세월이 지난 지금까지도 당시 부모님이 사시던 주소가 기억에 남아 있습니다.

'대전시 원동 97번지 제일스텐레스 공업사 정도영 귀하'

쉼 없이 연애편지를 쓰던 한 시절에는 밤이 깊도록 책상 앞에 앉아 있은 적이 한두 번이 아니었습니다. 자신의 편지에 스스로 도취될 만큼 미문을 쓰려고 애썼고, 편지를 다 쓴 후에는 써놓은 편지에 깊이 감동해서 몇 번이나 다시 읽곤 했습니다. 결혼한 후, 아이들과 떨어져 있을 때는 아이들의 외로움을 달래주고 용기를 북돋는 편지를 쓰느라 많은 시간을 보냈으며, 남편과 다툰 날 밤에는 혼자 부엌 식탁에 앉아서 구구한 사연을 써서 남편의 호주머니에 살그머니 넣어놓은 적도 있습니다.

"모두들 뛰어도 저는 걸어가겠습니다. 생의 모든 것들을 즐기며 천천히 살아가겠습니다."

따뜻한 아랫목에 배 깔고 누워 쓰는 다정한 편지나, 깊은 밤 혼자 식탁 앞에 앉아 쓰는 외로운 편지나, 멀리 있는 애들을 그리워하면서 책상 앞에 구부리고 앉아 쓰는 편지나, 편지를 쓰던 시간은 제 생에서 매우 특별했습니다.

편지지를 꺼내놓고 잠시 마음을 가다듬은 후, '누구, 누구에게'라고 수신자의 첫 이름을 쓸 때, 이어 새하얀 종이 위에 바람에 동글동글 말려 올라가는 듯한 제 글씨가 한 행 한 행 채워져갈 때, 편지를 다 쓴 후에 잘 접어서 봉투에 넣고 겉봉에 정성껏 받는 이의 주소를 적어 넣을 때, 슬리퍼를 끌고 밖으로 나가 우표를 사서 침을 묻혀 봉투에 붙일 때, 빨간 우체통 앞에서 마지막으로 다시 한 번 편지를 만져보고 우체통에 집어넣는 순간 '툭!' 하고 가벼운 소리를 내며 우체통 바닥으로 떨어지는 소리를 들을 때, 그리고 그 소리를 뒤로하고 돌아서 걷다가 한 번쯤은 고개를 돌려 우체통을 바라다볼 때…. 어디 그뿐인가요. 답장을 받을 때까지 기다려야 하는 시간을 재볼 때, 그때 마음속을 스치고 지나가는 감정들은 특별합니다.

그런데 컴퓨터가 생기고 전자우편이 생긴 후부터 육필로 편지를 쓰는 일이 점점 뜸해지더니, 이제는 손으로 편지를 쓰는 일이 거의 없게 되었습니다. 보내는 일이 없으니 신문지와 세금 고지서, 광고 전단지 등이 편지함을 채웁니다. 이메일은 전달이 빠르며 수신 확인도 할 수 있고 여러 가지로 참 편리합니다. 그러나 향기가 느껴지지 않습니다. 종이 질감이나 색깔, 세심하게 접혀진 종이 선이 만들어내는 울림도 없고, 무엇보다 글자에서 드러나는 미세한 마음도 읽을 수 없습니다. 글자도 느낌이 있어서 편지를 쓴 사람의 마음이 은연중에 드러납니다. 감춰진 주저와 설렘, 단호함 등이 그것입니다. 처음부터 끝까지 글자 한 자도 틀리지 않고 정성껏 써내려간 편지는 단숨에 쓴 게 아니라, 써내려가다가 오자나 탈자, 혹은 글자 모양이 마음에 안 들어서 여러 번 파지를 내고 다시 쓴 편지일 확률이 높습니다. 이렇게 종이 편지는 편지 한 장에서도 용건과 별개로 보낸 이의 숨겨진 마음까지 읽을 수 있습니다.

편지를 쓴다는 일은 그래서 단순히 소식만 전하는 게 아닙니다. 쓰고 부치고 다시 답장을 받는 긴 시간 동안, 가슴속에 달무리처럼 조용히 커져가는 어떤 예쁜 것, 가치를 섣불리 환산할 수 없는 것들을 체험하게 만들지요. (2006)

도서관 언덕길을 오르며

도시와 지방을 오가는 생활을 하면서 이상하게 서울에서와 달리 춘천에서는 도서관 출입이 잦아졌습니다. 거대한 도시, 서울에서는 몸을 움직여 어딜 간다는 것이 수월한 일이 아닙니다. 나이가 들수록 더욱 그런 것 같습니다. 소음과 혼잡과 시멘트로 무장된 거리로 나갈 생각만 해도 지레 마음부터 먼저 피곤해져서 그런지도 모르겠습니다.

연구소에서 멀지 않은 면사무소 앞에는 작은 도서관이 하나 있으나 주로 청소년들이 많이 애용하는 것 같고, 신설된 지 얼마 안 되어 책도 많지 않습니다. 그래서 저희 연구소 사람들은 시립 도서관을 이용하게 되지요. 시립 도서관은 한가로운 느낌을 주는 시 외곽, 나무가 우거진 언덕 위에 있습니다. 도서관으로 올라가는 좁은 길가에는 다정한 느낌을 불러일으키는 가로수들이 길 양편으로 나란히 서 있습니다. 이 길로 들어서면 갑자기 마음이 고즈넉해지면서 맑게 씻기는 느낌을 받습니다. 나무 잎사귀들이 조용한 길바닥에 햇살과 엎치락뒤치락하면서 얼룩얼룩 푸른 그림을 그려놓는 도서관 언덕길을 올라가다가 잠시 고개를 들면, 푸른 언덕 위로 흰 구름이 둥둥 떠가는 모습을 보게 됩니다. 도서관 진입로는 최소한 이래야 하는 게 아닌가, 하는 생각이 듭니다.

얼마 전에 인터넷에서 서태지 인터뷰를 보았습니다. 그가 대중음악계에 끼친 영향은 매우 크다지요. 실제로 놀라운 젊은이였던 것으로 저도 인정하고요. 그의 인터뷰 중에 "전 소설책, 거의 안 봐요. 영화는 좋아하는데, SF나 판타지만 봐요" 하는 대목이 있었습니다. 왠지 마음에 남았습니다. 그 말은 단지 서태지의 경우만은 아닐 것입니다. 젊은이들뿐 아니라, 나이 드신 분들도 역시 비슷한 것 같습니다. 생각해보면 요즘에는 모든 것들이 눈으로 보고, 귀로 듣는 일뿐입니다. 넘쳐나는 색채와 소리들로 귀와 눈이 정신이 없습니다. 볼 것, 들을 것들이 빠른 속도로 지나갑니다. 가슴에 여운이 남아 되새김질할 틈이 없습니다. 감성만이 넘치는 시대입니다. 지금은 소설이 우리 현실을 치열하게 담아내던 그런 시절이 아닌 것 같긴 하지만, 저같이 평범한 독자가 보기에도 지금 여기서 씌어진 그렇고 그런 베스트셀러류의 소설이 아니더라도, 인류의 이름으로 긍지를 느낄 만한 위대한 소설들이 분명 우리 가까이에 많이 있지요.

온 나라가 경제 발전이라는 단어로 무장을 하고 책방에는 실용서들이 넘칩니다. 청소년 코너는 입시 책들이 거의 점령을 했습니다. 독서 모임도 적은 것만 같습니다. 어떤 한 작가의 글을 읽는다는 것은 잠시 동안 나 아닌 다른 사람의 정신세계로 들어간다는 말일 것입니다. 단돈 몇 푼을 내고 '위대한 작가'라고 일컬어지는 분들의 평생에 걸친 인간과 생에 대한 탐구 속으로 들어가는 것은 정말 감사하고 놀라운 일이 아니겠는가, 생각합니다.

이 시대는 우리가 침착해질 기회를 잃게 했습니다. 자신의 내면을 들여다보고 내가 가는 이 길이 과연 옳은 길인가, 이것이 진정 내가 바라던 삶인가, 생각할 틈을 없애버렸습니다. 독서는 우리를 침착하게 만드는 힘이 있습니다. 오랜 독서 생활을 하신 분의 얼굴에서는 조용하고 단단한 힘이 배어나오는 걸 느낍니다. (2008)

3부

내 마음속의 종달새

나이가 들면 세상에 대한 관심의 내용이나 방향이 달라집니다. 사람과 사는 모습이 다른 새나 벌레나 풀 같은 것들, 꼬물꼬물 작게 소리 내고 작게 움직이는, 그러나 터질 것 같은 생명력으로 가득 차서 살아가는 그 것들에게 깊은 감동을 받고 마음 깊은 곳에서부터 생명에 대한 억제할 수 없는 경외심이 솟아오르는 것입니다.

우체통 속의 새

올봄, 저희 집 대문에 붙어 있는 붙박이 나무 우체통에 이상한 풀 뭉치가 들어 있었습니다. 우편물이라고 해봐야 전기요금 고지서니 혹은 심야 보일러를 놓으라는 광고지 같은 것들이 전부인지라 사나흘에 한 번꼴로 우체통을 열어보곤 하는데, 어느 날 우체통 뚜껑을 열었더니 해석이 안 되는 풀 뭉치가 들어 있는 것이었습니다.

풀 뭉치는 우편물 맨 밑쪽 구석에 비밀스럽게 놓여 있었습니다. 분명 누가 일부러 만들어놓은 듯한 그것은 아주 가늘고 부드러운 풀들로 이루어져 있었는데, 무엇보다도 예술적 섬세함이 발휘되어 있는 놀라운 물건이었습니다. 얼핏 보아도 성심성의껏 만들었다는 느낌이 확연히 들었습니다. 그게 완성된 상태인지, 아니면 만들어지는 과정인지도 가늠할 길이 없었습니다. 더욱이 누가 만들었는지, 왜 만들었는지에 대해서 저로서는 전혀 짐작조차 할 수가 없었습니다.

"누가 이런 것을?"

남의 집 우체통에 주인 허락도 받지 않고 무단 침입한 이 수상한 풀 뭉치가 저는 왠지 이상하게 불편했습니다. 풀에 손을 대는 것조차 꺼림칙해서 풀 뭉치를 없앴습니다.

2주 전쯤에 우체통을 열어보다가 또다시 풀 뭉치 하나를 발견했습니다. 그런데 다른 때와 달리 그 안에는 하얀 새알 3개가 얌전히 놓여 있었습니다.

"아아, 바로 너희들이었구나!"

그제야 비로소 풀 뭉치의 주인과 용도를 알게 되었습니다. 저의 아둔함이 매우 부끄러웠지만 마음속에서 환한 미소가 함빡 지나갔습니다. 지난 몇 달 동안 어미가 되려던 새는 저희 집 우체통을 산란실로 정하고 열심히 풀을 물어 와 아늑하고 부드러운 산실을 마련했던 것입니다. 하지만 미련한 주인 때문에 만들어놓은 풀 뭉치가 자꾸만 없어져 다시 산실을 마련해야만 했던 어미 새는 그 동안 얼마나 당황스러워하며 마음 졸였을까요. 진심으로 미안했습니다.

풀 뭉치 위에 고요히 놓인 하얗고 작은 새알! 그러고 보니 우체통은 모성과 생명에 대한 존중심이 풍겨져 나오는 아름다운 산실이 된 것입니다.

"새야, 정말 미안해! 앞으론 잘 보호해줄 테니 알을 잘 품어서 건강한 새끼를 보거라."

저는 즉시 '우체부 아저씨께'로 시작되는 메모를 우체통 입구에 붙였습니다.

"우체부 아저씨께

아저씨, 우체통에 새가 알을 낳았어요.

그러니 앞으로 저희 집으로 오는 우편물은

풀꽃평화연구소 우체통에 넣어주세요."

하루에 한 번씩 오토바이를 타고 우편배달을 하시는 젊은 우체부는 제가 붙인 메모대로 해주셨습니다.

오늘 늦은 저녁 무렵이었습니다. 혹시나 하는 마음으로 우체통 가까이에 다가갔더니 아니나 다를까, 우체통 안에서 작은 재잘거림이 흘러 나왔습니다. 얼마나 반갑던지요. 안의 상황을 잘 모르는지라 조심조심 우체통에 귀를 댔습니다. 장마철이어서 습기가 배어 부드러운 느낌을 주는 나무 안쪽에서 세상에 갓 태어난 새끼들이 조잘대는 소리가 들렸습니다.

문을 살짝 열고 안을 들여다보았습니다. 콩알만 한 새끼 세 마리가 눈에 들어왔습니다. 새끼들은 입을 찢어져라 벌리고 어미가 물어 올 밥을 기다리는 중이었습니다. 몸체보다 벌린 입이 더 클 정도였지요. 세상 경험이 전무한지라 사람인 저에게 어떤 경계심도 품지 않고 풀뭉치에 나란히 앉아서 그저 고픈 배가 채워지기만 바라는 모습으로

123

온힘을 다해 짹짹거리고 있었습니다. 가슴이 뭉클했습니다.

"아, 너희들이 드디어 세상에 나왔구나! 축하한다. 부디 다치지 말고, 잡아먹히지 말고, 오래오래 행복하게 살아라."

새끼들이 놀라지 않게 조심스레 문을 닫고 돌아서는데 어미 새는 어디에도 보이지 않습니다. 해가 지고 있는데 아직도 안 오는 걸 보니 새끼들 배를 채우려고 어디 멀리 날아가 먹이를 구하는가 봅니다. 먹이를 구하는 어미 새의 고단함이 생각나 가슴이 시큰했습니다. (2006)

고운 빛은 어디에서 왔을까

특별한 나무를 제외하고 대부분의 나무들은 잎사귀가 초록이지만 꽃은 그 빛깔이 각기 다르지요. 어떤 나무는 하얀 꽃을 피워내고, 어떤 나무는 분홍, 어떤 나무는 노랑, 빨강 꽃을 피워 올립니다. 잎사귀가 녹색이면 꽃도 녹색이어야 할 것 같은데, 왜 꽃은 나무마다 다른 색일까요.

꽃뿐인가요. 지금 자두나무 집에는 자두와 복숭아, 살구도 익어가고 있습니다. 이들 역시 시작은 초록빛이었습니다. 그런데 열매가 익어가면서 자두는 새빨간 빛으로, 살구는 연노란 빛으로, 복숭아는 발그스름한 붉은 빛깔로 변합니다. 나무는 몸 안에 얼마나 많은 색깔을 숨겨놓았을까요. 몸 어디에 이파리와 꽃과 열매의 갖가지 황홀한 색들이 숨어 있을까요.

나무는 다리가 없어서 한 자리에 뿌리박고 서 있지만 공중에 푸르른 이파리를 펼쳐 그늘을 만듭니다. 황홀하고 고운 빛깔의 꽃을 피워 벌과 나비도 모으고 달콤한 열매를 맺어 우리에게 줍니다.

　두 발을 지닌 사람들은 제자리에 있지를 못하고 지구뿐 아니라 우주까지 부산하게 돌아다닙니다. 사람 안에도 형용할 수 없이 다양한 빛깔들이 있는데, 고운 빛은 어디로 숨었기에 이처럼 무서운 세상을 만들어냈을까요? (2005)

내 마음속의 종달새

"저는요, 대여섯 살 때쯤인가, 동네 친구들과 들판에서 놀고 있었어요. 봄이었어요. 그런데 저만치 앞에서 종달새 한 마리가 허공을 올라갔다 내려왔다 하면서 놀고 있는 거예요. 별로 할 일이 없어 무료하던 차에 재밋거리가 생겼다 싶어 종달새를 쫓아갔지요. 종달새는 하늘 높이 날아가질 못 하고 계속 저희들 앞쪽에서 포롱포롱 하면서 도망쳤어요. 우리는 새를 쫓는 재미에 빠져 끝까지 쫓아갔답니다. 그러다가 한 아이가 돌멩이를 집어 들어 새에게 던졌어요. 맞히지 못하자 다른 친구가 또 돌멩이를 던졌어요. 몇 번 그랬는데 다들 못 맞혔어요. 그래서 제가 돌멩이를 던졌는데, 단번에 맞은 거예요. 우리는 신나서 환호성을 질렀지요.

새 주변에 둥그렇게 쭈그리고 앉아 종달새를 살폈는데 제 돌멩이에 맞은 새는 피가 났어요. 막상 다친 새를 보자 마음이 아팠어요. 그래서 쪼그만 종달새 입을 벌려 물을 넣어주었지만 먹지를 않았어요. 우리는 어떻게든 새를 살려보려고 무진 애를 썼어요. 그런데 결국 두 시간 정도 지나자 새는 죽었어요. 그 후로 세월이 많이 흘렀는데 지금도 새들이 포롱포롱 하고 날아다니는 모습을 보면, 그때 제가 죽인 종달새 생각이 나요. 제 나이가 지금 오십이 넘었는데도 그 종달새가 영 잊혀지지 않아요."

  잘 아는 몇 분과 식사를 했습니다. 저녁 잘 먹고 차를 마시러 갔는데 그 중에 한 분이 느닷없이 고백하신 내용입니다. 이 이야기를 들은 지가 제법 오래되었는데 자꾸 생각이 나네요. '내 마음속에는 어떤 종달새가 숨어 있을까…?' 이렇게 오래 살았는데 없다고 말할 수는 없겠지요. (2008)

빼빼와 꿋꿋씨

자두나무 집 지킴이인 '빼빼'의 삶은 바로 자두나무 집의 역사입니다. 빼빼는 9년 전 이웃집에서 도망쳐 저희 집으로 온 바로 그 순간부터 '자두나무 집 개'가 되기로 스스로 결심했습니다. 주인이 아무리 찾아도 결코 원래 집으로 돌아가질 않았습니다. 그리고 긴 세월 동안 단 하루도 자두나무 집을 떠난 적이 없습니다. 언제나 변함없는 충성심으로 이 집을 지켰으며 애정을 바쳤습니다.

빼빼는 본래 부산한 성격인 데다 논둑이며 밭둑이며 산비탈을 신나게 달리는 것을 참 좋아합니다. 빼빼가 긴 털을 휘날리며 초록 들판을 달릴 때면 속도가 어찌나 빠른지 마치 시위를 떠난 화살 같습니다. 또한 호기심이 많아서 동네방네 참견하지 않는 집이 없습니다. 남의 집도 제집처럼 들락거리는데, 특히 제 또래의 여자 친구가 있는 집은 다른 집보다 방문 횟수가 많습니다. 운동량도 엄청나고 털도 많아 날씨

가 조금만 더워도 헉헉대며 칙칙한 냄새를 풍기면서 정신없이 돌아다닙니다.

고집 센 빼빼는 목욕을 엄청 싫어합니다. 9년 동안 목욕을 한 횟수는 딱 두 번뿐입니다. 그 두 번도 5~6년 전의 일입니다. 얘가 워낙 씻는 것을 싫어해서 목욕을 시킬 수가 없었습니다.

그런 빼빼를 목욕시키려 강제로 개울로 끌고 가는 일은 보통 일이 아닙니다. 목욕하기 싫다고, 물 속에 안 들어가겠다고 개울로 내려가는 계단에서 힘센 다리로 죽자고 버티고, 겨우 물 속으로 끌고 오면 이리 첨벙 저리 첨벙 길길이 뛰어오르며 어찌나 난리를 쳐대는지 당할 재간이 없습니다. 저는 저대로 "왜 말을 안 듣는겨! 응?" 소리소리 질러대며 빼빼의 머리통과 엉덩이를 마구 쥐어박고, 그 통에 개울물은 정신없이 사방팔방으로 튕겨 나가고, 튕긴 개울물이 여름 햇살에 반사되어 무지개를 만들기도 하고…. 하이고, 그 부산함으로 온 동네가 다 시끌시끌하지요. 물론 그 과정에서 빼빼 몸뚱이는 비눗물로 대충 헹굴 뿐이고, 제 옷만 흠뻑 적시고 맙니다.

목욕은 그렇다손 치더라도 촘촘한 긴 털만은 필히 깎아주어야 합니다. 더운 것은 둘째 치고 눈을 가려 앞이 잘 안 보이니 말입니다. 털은 매년 초여름, 본격적인 더위가 시작되기 전에 딱 한 번 깎아줍니다. 털 깎는 일은 빼빼도 즐기는 터라 다행이지요. 하지만 그 일도 아무에게나 몸을 맡기는 게 아니어서 오로지 제 작은딸 '꿋꿋씨'만이 빼빼 털을 깎을 수 있습니다. 그동안 빼빼를 사랑하는 사람들이 여러 번 시도해보았지만 번번이 실패했습니다.

털을 깎을 때 빼빼와 꿋꿋씨는 아주 특별합니다. 그들은 매우 조용합니다. 꿋꿋씨는 마치 아기를 다루듯이 빼빼를 다루지요. 꿋꿋씨는 빼빼에게 뭐라 뭐라 조용히 이야기를 건네기도 하고, 털을 깎다가 잠시 쉬면서 조용히 쓰다듬어주기도 합니다. 빼빼는 마음 놓고 마치 아기처럼 편히 누워서 꿋꿋씨의 가위가 가는 대로 몸을 내맡깁니다. '평화'라는 단어가 저절로 떠오르는 풍경입니다. 그리고 그 장면을 바라보는 제 마음에도 고요한 무엇으로 가득 찹니다.

지난 오월 중순에 빼빼는 올해 치의 털을 깎았습니다. 환한 햇살 아래서 털을 깎고 깎이는 둘을 사진기에 담았습니다. 셔터를 누르고 고개를 돌리니 노랑나비 한 마리가 쥐똥나무 울타리로 날아와 날개를 펴고 앉았습니다. 눈부셨습니다. (2004)

내가 이름 붙인 새들

나이가 들면 세상에 대한 관심의 내용이나 방향이 달라집니다. 제 경우는 사람에 대한 관심은 줄어들고, 대신 사람의 말을 못 알아듣는 것들에게 점점 마음이 크고 깊게 열려가는 걸 느끼지요. 사람과 사는 모습이 다른 새나 벌레나 풀 같은 것들, 꼬물꼬물 작게 소리 내고 작게 움직이는, 그러나 터질 것 같은 생명력으로 가득 차서 살아가는 그것들에게 깊은 감동을 받고 마음 깊은 곳에서부터 생명에 대한 억제할 수 없는 경외심이 솟아오르는 것입니다.

올해에도 자두나무 집에는 다양한 새들이 출현하고 있습니다. 새들마다 제각기 독특한 울음소리가 있고, 공중에 아름다운 곡선을 그리며 날아가는 모습도 조금씩 다 달라 경탄에 경탄을 불러일으킵니다. 젊은 날에는 그런 모습을 보아도 그저 "아, 새가 나네" 하는 짧은 탄성 하나로 끝이었는데 이제는 진심으로 모든 자연물들에게 '김춘수 식'

의 의미를 부여하게 됩니다.

　제가 확실히 이름을 아는 새는 뜨거운 여름 한낮, 짙은 초록빛으로 물결치는 앵두네 논 위를 날아오르는 눈부시게 하얀 해오라기와 건너편 산에서 구구, 구구 진종일 울어대는 산비둘기, 그리고 진짜로 꿩 꿩, 울어대는 꿩 정도입니다. 그래서 10년 전 이 동네에 들어왔을 때 제 방식으로 새나 물고기, 야생화에 이름을 지어주며 시골 살이를 시작했습니다. 그때 처음 지은 새 이름이 바로 '삐뽀새'입니다. 삐뽀새는 제가 만난 새들 중에서 가장 '정서적으로 우는 새'입니다.

　산골의 한밤중은 온갖 생명들이 내는 소리로 조용히 시끄럽습니다. 산이 조용하다는 소리는 몰라서 하는 소리지요. 삐뽀새는 밤에만 우는 밤새입니다. 참으로 아름다운 목소리를 지닌 그 새 울음소리가 불러일으키는 정서는 소쩍새 울음소리를 들었을 때와 비슷하지요.

　마을 사람들이 깊은 잠에 빠져든 한밤중에 삐뽀새는 웁니다. 먼저 새 한 마리가 이쪽 산등성이에서 아주 높은 음으로 삐이~ 하고 길게 웁니다. 티 한 점 없이 맑고 한없이 드높은 게 마치 플루트의 '솔' 음과도 비슷합니다. 2~3초 후에 반대편 산머리에서 뽀~ 하는 대답이 가냘프게 들립니다. 이 소리는 먼젓번의 삐 소리보다는 조금 더 낮고 조금 더 연약합니다. 청실홍실, 두 가닥의 색실이 밤하늘에서 만나 아름답게 꼬아지듯 두 마리 새들은 이쪽저쪽 산등성이에서 서로를 향해 밤새 부르고 화답합니다. 10년 전에 자두나무 집에서 그 새소리를 난생처음 듣고 매우 신비스러운 정서에 빠졌습니다. 주변 사람들에게 삐뽀새 이야기를 많이 했지요.

초봄부터 늦가을까지 네 음절을 같은 크기로, 같은 톤으로 탁탁 끊어서 우는 새가 있습니다. 호.호.호.호 이렇게요. 매우 절도 있게 온종일 끈질기게 우는 그 새는 '호호새'라 이름 붙였습니다.

올해 들어서는 매우 신경질적으로 우는 새가 출현했습니다. 연구소 사무장님은 그 소리는 머리끝까지 짜증이 난 새가 마치 이렇게 말하는 것 같다고 합니다.

"야, 필립~ 너 부르는데 안 오고 도대체 뭐하는 거얏?"

듣고 보니 그 말이 딱 맞아서 새 이름을 '필립'이라 짓고 다들 크게 웃었습니다.

최근에 새로운 이름을 얻은 새가 있습니다. '흙담새'입니다. 크기가 아주 작은 새인데 동그스름한 배와 날씬한 꼬리를 지녔습니다. 사랑스런 앞머리는 주황이고 나머지는 푸른빛이 돌 정도로 검습니다. 꼬리를 까딱, 까딱거리며 흙담장 위에 앉아 있는 모습이 너무나 귀엽습니다. 그 새는 흙담과 잘 어울려서 흙담새라 이름 붙였습니다. (2006)

나비, 꽃이 꽃에게 보내는 러브레터

산풀 님과 산책을 나갔습니다. 들판은 가을꽃이 지천입니다. 배추 밭 옆을 지나는데 배추 덩어리가 어찌나 건강하고 예쁜지 초록 꽃 덩어리 같습니다.

"산풀 님, 배추 밭에 왜 나비가 없을까요?"

산골 출신인 산풀 님은 풀과 나무에 관해서는 모르는 게 거의 없습니다.

"아이 참, 가을배추는 꽃이 없어서 나비가 없어요."

그제야 저는 가을배추는 꽃이 없다는 놀라운 사실을 알게 되었습니다.

하지만 지난봄이라고 해서 나비를 많이 본 것도 아닙니다. 한두 마리 정도가 꿈결처럼 팔랑이다 날아갔습니다. 나비들이 떼 지어 날아다니는 모습을 본 게 너무 오래되었습니다.

『홍당무』의 저자 쥘 르나르(Jules Renard)는 나비를 단 한 줄로 표현했습니다.

"꽃이 꽃에게 보내는 곱게 접은 러브레터."

시골은 밤이 되면 별로 할 일이 없습니다. 개 세 마리에게 먼저 밥을 먹이고, 저도 늦은 저녁밥을 먹은 뒤, 시립도서관에서 빌려온 책을 찾아들고 방바닥에 엎드렸습니다. 뒤적뒤적하다가 나비와 관련된 글을 만났습니다.

"사월 오일 무렵은 동원의 숲이 무성해져서 과실이 처음 맺히고 온갖 새들이 재잘거린다. 연초록 파초 이파리를 따다가 미불(1051~1107)의 『雅集圖序帖』을 본떠 왕마힐(왕유)의 '輞川絶句' 시를 그 이파리 위에 쓰면 연적 옆에서 먹을 갈던 아이 녀석이 속으로 그것을 갖고 싶어 할 것이다. 그러면 그것을 선뜻 주어버리고 대신 호랑나비〔鬼車蝶〕를 잡아 오게 하리라. 그 머리와 더듬이, 눈동자와 날개가 금빛과 푸른빛으로 빛나는 것을 자세히 살펴본 후 한참 만에 꽃밭의 미풍 속으로 날려 보내리라." — '선귤당농소'(蟬橘堂濃笑) 중에서, 『천년의 향기-한시 산책』, 50쪽.

제 유년 시절에는 나비를 따라다니면서 놀았는데 지금은 나비 보기가 어렵습니다. 제초제와 화학비료와 농약 남용으로 땅이 죽자 나비들도 사라져갔습니다.

나비 생각을 합니다. 핸드폰과 인터넷과 아파트와 TV와 김치냉장고

선전으로 꽉 찬 세상에서 나비는 봄날 들판에 떨어진 분홍 리본처럼 그렇게 예쁘고도 연하고, 비현실적인 존재입니다.

팔베개를 하고 누워 멀뚱멀뚱 천장을 바라봅니다. 이 가을이 지나고 겨울도 지나고 다시 내년 봄이 찾아오면 작은 텃밭에 배추를 심겠습니다. 열 마리, 스무 마리 배추흰나비들이 부드러운 곡선을 그리며 공중을 떼 지어 날아다니는 모습을 보고 싶습니다. 나비들의 배추 밭을 보고 싶습니다. (2006)

거위 알

  '맞다'와 '무답'이가 연구소 가족으로 들어온 지 세 해째가 됩니다. 세상에서 가장 사이좋은 거위 부부인 이 녀석들은 무럭무럭 잘 자라면서 수시로 폭소를 터트리게 만듭니다. 예를 들면, 무답이는 자기들 밥보다는 '찰구' 밥을 더 탐냅니다. 찰구는 덩치가 크고 매우 착한 개입니다. 아내 사랑이 끔찍한 맞다는 찰구가 마당에서 노는 사이에 무답이를 찰구 집에 들여보내 찰구 밥을 먹게 합니다. 맞다가 그럴 수 있는 것은 거위와 개로서 비록 종(種)은 다르지만, 같은 마당에서 오랜 정이 들었기 때문일 겁니다. 아내가 포식하는 동안 남편인 맞다는 찰구가 방해를 못 하게 문 앞에서 목을 길게 빼고 위풍당당하게 보초를 섭니다. 힘으로 치면 찰구와는 도저히 상대가 안 되지만 무답이가 심하게 식량을 축내지 않는 한, 찰구는 못 본 척해줍니다. 그러는 데에는 이유가 있을 것입니다. 맞다는 아내가 찰구 밥을 축내는 대가로 길게 드러누워 있는 찰구의 온몸을 부리로 마사지를 해주기 때문입니다. 맞다가 둥글넙적한 부리로 찰구 몸을 머리부터 꼬리까지 꼼꼼하게 콕콕 짚으면서 마사지를 해줄 때 찰구 녀석이 얼마나 행복해하는지, 그 광경은 세상의 진풍경 중의 진풍경일 것입니다. 그렇게 서로 주고받는 게 있기 때문에 찰구는 자기 밥이 다소 축이 나더라도 봐주는 것이라고 생각합니다.

저는 거위 부부처럼 사랑이 깊은 동물은 처음 보았습니다. 남편은 아내를 확실하게 지켜주고 순한 아내는 남편을 절대적으로 믿고 따릅니다.

맞다가 밭두렁으로 내려가면 무답이도 밭두렁으로 내려갑니다. 맞다가 쇠뜨기를 입에 물고 턱을 턱턱 치면서 씹어 먹으면, 무답이도 똑같이 따라 합니다. 맞다가 문득 장작더미 옆의 산으로 기어오르면 무답이도 묻지 않고 따라 올라갑니다. 맞다가 허공에 대고 꽤액 울부짖으면, 무답이는 왜 그래야 하는지도 모르면서 따라 소리를 냅니다. 맞다가 개울에 몸을 씻으면 무답이도 목욕 시간입니다. 잠잘 때 맞다가 한쪽 다리를 날개깃에 감아 넣고 외다리로 자면 무답이도 '외다리 잠'을 잡니다. 앉아서 잘 때에는 긴 모가지를 서로 엉키도록 휘감아 마치 한 몸인 양 얼싸안고 잡니다.

이 녀석들처럼 이끌고 따르는 변치 않는 완벽한 신뢰의 관계가 사람들 사이에서도 가능할지는 모르겠습니다.

"인생은 짧으니 오롯이 즐겨야 합니다."

작년에 이어 올해에도 무답이가 알을 낳기 시작했습니다. 2~3주 전에 마당에서 두 놈이 법석을 떨더니만, 드디어 알을 낳기 시작했습니다. 참으로 놀랍고 신비로운 일이지요. 하얀 빛깔의 거위 알은 껍데기가 단단하고, 크기는 달걀 두세 배가 됩니다. 그러니 손에 들면 상당히 묵직하지요. 크기가 커서 그런지 무답이는 알을 낳는 시간이 깁니다. 맞다는 무답이가 알을 낳으러 짚더미에 들어가 앉으면 나올 때까지 긴장을 풀지 않고 문 밖에서 지킵니다. 알을 낳는 것은 무답이지만, 맞다는 원인 제공을 한 녀석답게 끝까지 모든 행동을 같이합니다. 결국 알은 두 놈이 같이 낳는 셈입니다.

그들의 모습을 보노라면 가슴이 뜨거워지는 감동이 있습니다. 어제 소장님이 무답이 둥지로 들어갔다가 첫 알을 발견했습니다. 이 알을 어떻게 할 것인가? 별 생각 없이 고맙다고 넙죽넙죽 받아먹어야 옳을까? 아니면, 부화를 시키도록 내버려둬야 옳을까? 몇 안 되는 우리 연구소 사람과 마침 연구소 일을 돕기 위해 퇴골에 온 젊은이 배현석 군과 넷이서 골똘히 의논했습니다.

긴급회의 결과,

"얘들이 품지를 않으니 일단 열심히 맞나게 고맙게 먹자. 달걀보다 맛은 떨어지니 요리 방식에 대해 심각하게 연구해야 한다. 그러나 어느 날부터 무답이가 식음 전폐하고 알을 품는 순간, 품도록 허(許)하

자. 그리하여 거위 새끼가 탄생해 꽤액 꽤액거리며 마당을 헤집고 돌아다니면 감당할 수 있을 만큼 같이 살자. 너무 많은 새끼를 부화시키면 어떡하냐고? 그러면 우리 웹진이나 연구소 사이트를 통해 마당이 있는 분들에게 분양을 해드리는 것이다. 마당이 없고 싱크대만 있는 사람들은 틀림없이 보약으로 삼을 테니 그 점 특별히 유념해서 정말로 거위를 키울 사람에게만 분양을 하는 것이다. 분양 신청자를 받을 때에는 그 집에 마당이 있는지 그리고 그분이 거위를 정말 잡아먹지 않고 잘 키울 태세가 되어 있는지 엄격하게 심사를 하자. 그러므로 지금은 알을 낳기 시작한 첫날이므로, 그리고 저놈들이 알을 낳아놓고도 품지 않고 마당에서 찰구 밥이나 빼앗아 먹으며 놀고 있으니 죄책감 갖지 말고 꺼내 먹자!"

이렇게 결론을 내렸습니다. 그런 결론을 내리는 데까지 30여 분쯤 걸렸지요. 아주 경제적으로 말했는데도 모두의 의견을 다 반영해 민주적으로 결론을 내리자니 그만큼 시간이 걸렸습니다.

회의를 끝낸 우리는 알을 꺼내려고 밖으로 나갔습니다. 마침 초저녁이었던지라 맞다, 무답이가 마당에서 노는 것을 확인한 뒤, 긴 빗자루 하나를 들고 둥지로 우르르 몰려갔습니다. 빗자루를 준비한 것은 자칫해서 맞다가 알 도둑놈들을 공격해댈까 봐 방어용으로 사용하기 위해서였지요. 맞다, 무답이는 자기네들 우리로 사람들이 떼 지어 가거나 말거나 신경을 안 쓰더군요.

무답이는 낳은 알을 짚더미 속에 깊이 감춰두기 때문에 겉으로 보면 몇 개를 낳는지 알아채기 힘듭니다. 그래서 알을 꺼낼 때 매우 섬세하게 해야 합니다. 산란기가 다가오자 우리 청소를 하고 짚을 깔아주고, 딴 데 가서 알을 낳지 말고 준비해놓은 거기에 낳기를 간절히 바랐던 사람이 소장님이었던지라 알을 꺼내는 일도 소장님이 제일 잘하십니다. 거룩한 표정과 겸손한 손짓으로 짚더미 구석구석을 잘 헤집어서 알 3개를 꺼냈습니다. 저는 그 첫 알에 "고맙다, 맞다, 무답아!" 하면서 입을 맞추었습니다. 어차피 사람의 손을 탄 뒤라 짚을 모아 둥지를 조심스레 만들어주고, 3개 중 한 알은 밑알로 남겨두었습니다. 맞다나 무답이가 다시 알을 낳으러 왔을 때 하나도 없으면 얼마나 섭섭해할까, 염려되어서였지요.

그래서 어제 저녁 식사는 거위 알 2개로 '거위알말이'를 해 먹었습니다. 신선하고 신성한 저녁 식사였지요.

마침 저녁 뉴스가 막 흐르고 있었는데, 쓰레기 치우는 걸 말렸다고 사람을 칼로 찔러 죽이고, 국민 동의를 얻고 나서 하겠다면서 임기 안에 운하를 팔 계획을 다 세워놓았다는 말이 들렸습니다. 불철주야 나라를 위해 입후보했다는 사람들이 보통 사람들보다 세금을 덜 냈다는 뉴스도 있었습니다. 우리 연구소 일을 때 없이 돕고 있는 배현석 군은 벌써 수년째 막일을 하면서 살고 있는데, 그가 낸 세금보다 덜 냈더군요. 변호사, 의사 그런 사람들이 특히 더 그랬더군요. 손가락이 아프고 발가락이 아파서 군대에 안 간 사람들도 많더군요. 우리는 그런 뉴스들이 거위 알 맛을 떨어뜨릴까 봐 얼른 꺼버렸습니다. (2008)

달밤에 낙엽을 태우다가

마당에 어슷어슷 저녁이 깔릴 때부터 작은딸애와 낙엽을 태우기 시작했지요. 집 안에 워낙 큰 나무들이 많아서 가을이면 낙엽을 모아 태우는 게 보통 일이 아닙니다. 낙엽은 쓸고 쓸어도 "너 언제 쓸었니?" 하는 식입니다. 쓸고 뒤돌아서기 바쁘게 또 떨어지기 때문입니다.

낙엽은 '뽀다구'에 태웁니다. 뽀다구는 무쇠 드럼통을 반으로 쪼개서 만든 것입니다. 이 통을 처음 보았던 작은딸이 통의 모습이 매우 '뽀다구(폼)가 난다'고 해서 그 후부터 이 물건을 뽀다구라고 부르게 되었습니다.

일찌감치 불 속에 감자 여섯 알을 묻어놓고 우리는 열심히 낙엽을 태웠습니다. 낙엽 타는 냄새가 아주 좋습니다. 푸른 연기가 처마를 지나 바람을 타고 어두워지는 공중으로 날아갑니다. 딸아이나 저나 지금까지 도시 생활만 해왔기에 이런 정서에는 매우 약합니다. 우리는 살짝 흥분했습니다.

뽀다구가 달구어져서 열기가 사방으로 번지는데 아이는 할 일이 있다며 먼저 집 안으로 들어가고 저는 성모님 뜰에 혼자 남아 나머지 낙엽을 태웠습니다. 밤공기는 차고 달고 향기로우며 한편으로는 맑고 쓸쓸했습니다. 언젠가 네팔에 갔을 때 구했던 담요로 어깨를 두르고 뽕나무 가지를 부지깽이 삼아 불을 뒤적거렸습니다. 그러다가 문득 고개를 들어 하늘을 보니 동편 산에 '이따만한' 만월이 둥실 떠오르고 있었습니다.

노랗고 큰 달이 들판 건너 두 개의 산이 겹쳐진 그곳에서부터 이제 막 떠오르기 시작하는 것이었습니다. '저렇게 아름다울 수가….' 숨이 탁 막혔습니다. 부지깽이를 든 손목에 힘이 스르르 빠지면서 그저 '아! 달… 아! 달…' 이러기만 했습니다. 지금까지 살아오면서 새파란 초저녁, 산 위에서 떠오르는 만월을 과연 몇 번이나 보았던가요? 달은 한 달에 한 번, 보름이 오면 꼬박꼬박 둥글게 차올랐을 테니, 1년이면 12번, 10년이면 120번, 20년이면 240번, 30년이면?

감격에 겨워 끝까지 계산을 하고 싶었지만, 셈본에 약한 저는 더하기를 하다가 도중에 막혀버려 그만두었습니다. 다만 가슴이 뻐근하도록 든 생각은 "살아오면서 달 뜨는 풍경을 바라보는 일보다 더 아름답고 좋은 일에 시간을 써왔던가? 있다면 그것은 무엇이었나?" 하는 것이었습니다.

가슴속에는 만월처럼 크고 노랗고 둥근 감정이 가득 차오르기 시작했습니다.

"아, 달 차암 밝네!"

듣는 사람도 없는데 혼잣말을 해대면서 부지깽이로 뽀다구 가장자리를 툭툭 쳐대면서 달을 보았습니다.

"탁! 탁! 탁! 탁!

아, 달이 차암 좋구나아.

탁! 탁! 탁! 탁!

네~ 그렇군요," 이러면서요.

부지깽이를 든 제 손은 저도 모르는 사이에 규칙적인 리듬을 만들어내고 몸도 마음도 둥실둥실 리듬을 따라갔습니다. 그러다 보니 무심코 노래 한 자락이 흘러나오는 것이었어요. 그런데 그 노래란 것이 아이구, 바로 이것입니다.

"달아 달아, 밝은 달아, 이태백이 놀던 달아!"

왜 '아이구' 하는가 하면 저는 달타령이라는 노래를 참 싫어했기 때문입니다. 이 노래는 제가 대학 다닐 때 '김부자'라는 여가수가 불렀는데, 저는 그 가수를 별로 좋아하지 않았습니다. 아니 싫어했지요. 그녀는 치마폭이 너무 넓고 너무 화려한 한복을 길게 늘어뜨려 입고 텔레비전에 나와서 납작한 입으로 방실방실 웃어대며 손을 좌우로 흔들며 이 노래를 불렀습니다. 지나치게 폭이 넓은 한복이며 동글납작한 얼굴이며 의식적인 교태와 그녀 얼굴에서 떠나지 않는 웃음이 도를 지나쳐 볼 때마다 그냥 싫었습니다. 타령이라는 단어도 이상하게 마음에 안 들었고요. 그런데 수십 년이 지난 지금, 제 입에서 불쑥 달타령이 나오는 것입니다. 참 알 수 없는 일이었습니다.

그런데 더 가관인 것은 '이태백이 놀던 달아'에 이어서 "어~얼씨구씨구 들어간다" 어쩌구 하는 각설이 타령이 정말 느닷없이 튀어나오는 것이었습니다. 각설이 타령이라니? 각설이 타령 연극은 보았지만 그 노래를 불러본 적도 없으며 가사도 제대로 알지 못하는 노래였습니다.

"음마, 이게 웬일이래? 내가 미쳤나. 왜 안 하던 짓을 하고 이러지?"

갑자기 마음이 뜨악해지면서 얼른 제 입을 꼭 잠그었습니다. 아무래도 부지깽이 장단 때문인가 봅니다. 그래서 저는 원래의 제 자신을 찾기 위해 머리를 마구마구 회전시켰습니다. 하지만 아무리 제 자신으로 돌아가려 해도 한 번 시동이 걸린 제 머릿속에는 오로지 '달아 달아'와 '얼씨구~' 하는 곡조만 맴도는 것이었습니다.

그리고 잠시 후, 제 자신을 되찾았습니다. 큼! 큼! 기침을 몇 번 하는 것으로 음성을 고른 다음 예전에도 좋아했고 지금도 좋아하는 '별'이라는 노래를 아주 곱게 불러보려고 마음먹었습니다.

바람이 서늘도 하여 뜰 앞에 나섰더니

서산머리에 하늘은 구름을 벗어나고
산뜻한 초사흘 달이 별 함께 나오더라
달은 넘어가고 별만 서로 반짝인다.
저 별은 뉘 별이며 내 별 또 어느게오
잠자코 홀로 서서 별을 헤어보노라.

여고 합창반 시절처럼 잘 부르고 싶었지만 '별'을 부르는 제 음성은 떨렸고 갈라졌고 음정 역시 많이 불안했습니다.

저는 노래 부르기를 미치게 좋아해서 젊은 날에는 하루 평균 3시간가량 노래를 불렀습니다. 노래도 그런대로 괜찮아서 하마터면 가수가 될 뻔도 했습니다. 그런데 결혼하고 애 낳고 나이가 들어가면서 점차 노래하는 횟수가 줄어들더니 어느 날부터는 아예 부르지 않게 되었습니다. 대신 듣게 되었지요. 그러면서 가사와 멜로디가 예전보다 훨씬 더 깊게 스며오는 것을 느꼈습니다. 생각해보면 뜨거운 에너지가 힘차게 발산되던 젊은 날도 참 즐거웠지만 나이가 들어 마음으로 듣는 이 시간도 좋습니다. 열기 때문에 자칫 놓쳐버릴 수밖에 없었던 소중한 것들이 다시 발견되니까요. 아마 이것이 세월이 주는 선물이겠지요.

뽀다구는 열기로 달구어져 뜨거웠습니다. 감자는 뜨거운 재 속에서 잘 익고 있었습니다. 어느새 사방이 캄캄해지고 기온도 많이 내려갔습니다. (2004)

뽕나무야, 고마워

시골집에서의 생활은 아침에 눈 뜨면 제일 먼저 뽕나무 앞에 계신 성모님께 인사를 드리러 가는 것으로 시작됩니다. 그곳은 나뭇가지 사이에 스피커를 매달아놓았기에 음악을 듣고 차를 마시는 장소이기도 합니다. 사진을 가장 많이 찍는 곳도 바로 뽕나무 앞입니다.

어떤 나무보다도 뽕나무와는 추억이 많습니다. 봄날에는 어린 이파리에 부딪치는 아침 햇살을 즐겼고, 유월이 오면 가지마다 촘촘히 달린 열매를 따 먹느라고 손과 입술에 검붉은 오디 물을 들였으며, 한여름에는 푸른 그늘에 앉아 두 눈을 가느스름하게 뜨고 파란 하늘에 뭉게뭉게 피어오르는 구름을 보았습니다. 가을이면 수북수북 쌓이는 낙엽을 쓸어 달 뜨는 저녁부터 태웠는데, 푸른 연기는 뽕나무 가지 사이를 지나 아득한 저녁 하늘로 올라갔습니다. 깊은 겨울, 함박눈이 쏟아지면 나무 주변은 성탄 카드처럼 아름다웠습니다. 저는 눈 쌓인 나뭇가지 사이로 먼 하늘을 쳐다보며 아주아주 먼 데 있어 이 세상에서는 다시 볼 수 없는 그리운 이들에게 '잘 지내고 있는지' 안부를 묻고는 했습니다.

풀꽃운동을 열심히 하던 어느 해 여름엔가는 뽕나무가 좀 놀라운 짓을 했습니다. 성모님을 가운데 두고 사방을 빙 둘러가며 커튼을 치듯 가지들을 땅으로 내린 것입니다. 마치 뽕나무가 성모님을 위해 집을 짓고, 집 안에 성모님을 모신 것만 같은 형국이었습니다. 그래서 성모님께 인사를 드리러 뒷마당으로 나가면 저도 모르게 나무 앞에 잠시 멈추고는 "똑똑! 저 들어가요" 하고 소리 내 인사를 한 뒤, 늘어진 가지들을 위로 걷어 올리면서 나무집 속으로 들어가기도 했습니다.

뽕나무는 자두나무 집 나무들 중에서 저를 가장 잘 알 것입니다. 긴 세월 동안 성모님께 드렸던 온갖 애소(哀訴)와 감사의 기도를 다 들었을 테니까요. 성모님 발밑, 부드러운 흙 속에 누워 있는 큰딸에게 했던 그 많은 말들도 뽕나무는 다 들었을 테지요.

그 뽕나무가 목숨을 다했습니다. 열매도 줄 만큼 주었고, 그늘도 허락할 만큼 허락했고, 제 하소연도 들을 만큼 들어주었던 나무가 살 만큼 살고 자연사했습니다. 지난 금요일, 저는 자두나무 집을 돌봐주시는 김 부장님께 부탁하여 나무를 베었습니다. 잘린 나무는 자두나무 집

뒤편에 있는 연구소의 땔감으로 쓰일 것입니다. 그리고 지금 성모님 뒤편으로 어린 뽕나무 몇 그루가 새로 자라고 있습니다. 잘린 뽕나무가 세상에 남긴 후손들입니다. 신기하고 감동스러울 따름입니다. (2006)

네팔의 평등주의

그곳의 까마귀는 놀랄 정도의 큰 소리로 공중에 제 목소리를 퍼트리며 날아갑니다.

새는 마치 이렇게 말하는 것 같습니다.

"까악! 나는 까마귀다아~!"

보름달 빵처럼 큰 꽃들은 붉고 샛노란 색깔로 말을 건넵니다.

"나는 꽃이야!"

잎사귀 하나가 사람 몸통보다 큰 바나나는 바람이 불 때마다 서걱서걱 중얼중얼 흔들립니다.

"나는 바나나~ 바나나~."

어른 손바닥만 한 달팽이는 길 한복판을 느리게 건너갑니다.

"나는 달팽이란다."

여인들도 원색의 사리로 화려하게 치장하고 두 눈을 반짝이며 웃습

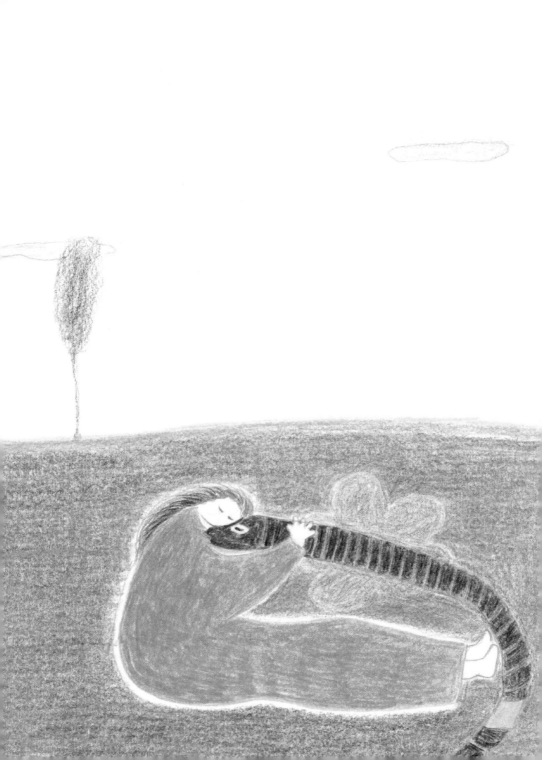

니다.

"여보세요, 저는 여자예요. 호호!"

여기서는 꽃과 바나나, 달팽이와 여인(사람)이 모두 같은 등급입니다.

'사람은 단지 자연의 일부일 뿐이다'는 사실을 다시금 확인하게 합
니다. (2004)

그늘에 앉으셨나요?

그늘에 앉으셨나요?

그렇다면 왼손가락 하나를 살며시 들어 햇빛 속으로 가만히 밀어 넣어 보실래요?

손톱이 말개져요.

그 다음에는 손을 활짝 펴서 손목까지 밀어 넣어 보실래요?

푸른 핏줄이 즐거이 물길을 내는 것 같잖아요?

조금 더 해보세요.

아롱아롱 황금빛으로 물드는 팔꿈치까지요.

그리고 왼쪽 어깨, 조금 더 머리를 기울여 왼쪽 머리칼, 왼쪽 뺨, 그리고 입술까지요.

아니, 아예 온몸을 들어 햇빛 속으로

풍덩! 넣어보실래요? (1993)

4부

칠칠회관 댄서

저는 지금 얼떨결에 그토록 선명히 찍힌 그 얼굴을 이해할 수 있는 나이에 와 있습니다. 끝 모를 생의 우물 속을 외롭게 들여다보고 있는 한 사람의 얼굴, 색채를 버리고 적막한 선 하나로만 살아 있는 한 송이 꽃, 절대 고독한 사람의 마음을 헤아릴 수 있는 나이가 되었습니다. 그녀를 안다는 것은 아마 유한한 생 위에 위태롭게 떠 있는 인간을 안다는 말이될 것입니다.

익중이

익중이는 사십 중반에 들어선 제 제자입니다. 사십이 넘은 사람의 이름을 서슴없이 부르거나, 혹은 '그 애'라고 부르는 이유는 익중이 나이 열네 살에, 스승과 제자의 관계로 우리가 처음 만났기 때문입니다. 그래서 사십 중반이 되었건, 시간이 많이 지나 먼 후일 그 애가 육십이 되건 제겐 언제나 다정한 '어린 제자 익중이'지요.

그 익중이가 어제 소포를 보내왔습니다. 상자에 쓴 주소에 '김익중'이란 글씨를 발견하자마자 연구소 사람들은 감동의 탄성을 질렀습니다.

"아! 또 익중 씨가 선물을…"

연구소 사람들은 익중이가 때맞춰 보내오는 이 '소포의 역사'를 너무 잘 알고 있습니다.

익중이는 1년에 꼭 3번 제게 소포를 보내옵니다. 설날, 추석날, 스승의 날 이렇게 3번입니다. 벌써 6년째인데 그동안 한 해도, 아니 한 번도 거른 적이 없습니다. 명절에 대한 의식이 별로 없는 저는 익중이의 소포를 받고 새삼스레 달력을 본 게 한두 번이 아니었습니다.

이번에도 그랬습니다. 그 애의 소포를 받아들고 '아, 내일부터 설 연휴구나' 하며 맞은편 벽에 걸린 달력을 눈여겨보게 되었지요. 상자를 열자 색감이 좋은 머플러가 들어 있었습니다. 한참 돌아다니며 골랐을 게 틀림없는 물건이었습니다.

저는 그동안 익중이에게 여러 종류의 선물을 받았습니다. 빨간 가죽 손지갑을 비롯해 장갑, 양산, 파자마, 옷 등 제가 그에게 받은 선물 품목은 많고도 다양합니다. 이 중 어느 것 하나, 그의 애정이 듬뿍 담기지 않은 게 없습니다. 선물을 고를 땐 익중이는 부인과 나란히 외출하여 함께 상의하며 고르거나, 익중이가 바쁘면 부인 혼자서 제게 소용될 물건을 곰곰이 생각해가며 시간을 들여 고른다고 합니다.

익중이를 만난 건 제 나이 이십대 중반, 대전에 있는 한 남자 중학교에서 2년 동안 교편을 잡고 있을 때였습니다. 제가 맡은 아이들은 1학년이었는데, 저는 익중이의 담임이었습니다. 이제 와 생각하면 저는 '선생님'이라 불리기엔 너무 어렸습니다. 갓 대학을 졸업하여 이상만 높고 현실에 대한 실감은 턱없이 모자랐지요. 통이 좁은 흰 바지에, 긴 생머리를 풀어헤치고 출석부를 옆에 끼고 씽씽 복도를 휘젓고 걸어 다니던 제가 여러모로 스승이라 불리기엔 참 어울리지 않았을지도 모릅니다. 저는 선생이라기보다 누나 정도로 비춰졌을 것 같습니다.

익중이는 우리 반 부반장이었습니다. 중키에 말수가 적고 언제나 단정한 모범생이었지요. 그 애가 다섯 개의 교복 단추를 꼭 채우고, 청소 검사를 받기 위해 교무실에 들어설 때의 모습을 잊을 수 없습니다.

저는 교직에 딱 2년만 근무하고 가족의 이사와 함께 학교를 떠나게 되었습니다. 그리고 바로 결혼을 했는데 익중이는 고등학교 다닐 때까지 간간히 편지를 보내왔습니다. 한 번은 수학여행을 갔다가 엽서를 보낸 적도 있지요. 그러다가 이사를 가느라 제 주소지가 바뀌고 이러구러 세월은 흘러, 그만 그 애와 연락이 끊겼습니다. 그리고 셀 수 없이 많은 시간이 지나갔지요.

풀꽃세상을 시작한 1999년 초여름, 우리는 다시 만났습니다. 익중이는 오랫동안 저를 찾기 위해 부단히 노력했다고 합니다. 온갖 곳을 다 찾다가 아는 사람의 도움으로 한국에 살고 있는 제 나이대의 사람들을 몽땅 뒤지기까지 했다고 합니다. 제 나이를 정확히 몰랐기 때문에 어림잡아 계산해서 그 언저리를 뒤진 것이지요. 익중이의 힘든 노력으로 헤어진 지 25년 남짓 후에 우리는 다시 만나게 되었습니다. 1999년 우리가 만났을 당시, 익중이는 대전에서 D철강 회사에 다니고 있었는데 저와 통화가 된 날, 어찌나 흥분했는지 하던 일을 중단하고 한달음에 집으로 달려가서 부인에게 제 소식을 전했다고 합니다. 그 부인 역시 연애 시절부터 제 이야기를 하도 많이 들었던 터라 심정적으로 이미 저를 스승으로 삼고 있었던 모양이었습니다. 익중이는 다음날 회사에 결근하고 곧장 서울로 올라왔습니다.

익중이를 다시 만난 날을 잊을 수 없습니다. 어찌 변했을까, 알아볼 수 있을까. 얼마나 흥분이 되던지 일이 손에 잡히질 않았지요. 익중이는 더했겠지요. 그리고 드디어 익중이가 제가 일하던 환경단체 사무실 문을 조심스레 열고 긴장을 억누르며 멈칫멈칫 들어설 때, 그리고 그 오랜 시간과 공간을 훌쩍 뛰어 넘어 중년의 음성으로 "선생님!" 하고 다시 저를 부를 때, 저는 보았습니다. 어린 소년에서 넉넉한 중년으로 넘어간 저의 '어린 제자'를. 그때의 놀라움과 감동을 표현할 길이 없습니다.

익중이는 거의 변한 것이 없었습니다. 느릿한 말투며 공손한 태도며 수줍은 듯 웃는 미소며. 익중이는 소년을 잃지 않고 있었습니다. 우리는 그렇게 다시 만났지요. 내 나이 오십에, 그 애 나이 사십에.

익중이는 그 뒤로 가끔, 그러나 정기적으로 안부 전화를 합니다. 통화 내용은 평범합니다.

"선생님, 요새는 좀 어떠세요? 요즘도 밤 새우세요?"

"선생님, 밥은 꼬박꼬박 챙겨 드세요?"

"운동이 부족하시면 안 돼요. 러닝머신이 있다고 그러셨는데 그거 꼭 하세요. 저도 늘 운동이 부족해서 러닝머신을 하루에 한 번씩 하는데 아주 좋아요."

"선생님, 날씨가 춥네요. 잘 지내세요?"

용건이라고 해봐야 별 대수로운 것도 아니지만 우리는 제법 긴 통화를 합니다. 통화 중에 가족이 옆에 있으면 꼭 전화를 바꾸어줍니다. 초등학교에 다니는 딸 선아와 이제 다섯 살이 된 아들 선규, 그리고 그의 부인과 돌아가면서 대화를 나눕니다. 익중이는 현재 부친의 뒤를 이어 온천으로 유명한 유성에서 아담한 모텔을 경영하면서 성실하게 살고 있습니다. 제가 아는 한, 그는 성실한 가장이요, 남편입니다.

인생이란 참 묘하고, 인연이란 더욱 그런 것 같습니다. (2004)

샨티

지난 밤 10시 20분경, 네팔 아가씨 샨티가 갔습니다. 왕디 오빠를 따라서 환하게 웃으며 계단을 내려갔습니다. 여기 올 때와 달라진 점은 올 때는 가방 하나만 들고 왔는데 그동안 짐이 제법 늘어 4개로 불어났다는 것입니다. 샨티는 불법체류자 신분이 되어서 이제 한국에 더 머물 수 없다는 걸 며칠 전에야 알게 되었습니다. 그래서 떠나게 되었습니다. 한국 여인과 결혼해서 서울 동쪽 어딘가에 살고 있는 왕디 오빠네 집에 잠시 머물면서 뒷정리를 한 다음, 2년 반 만에 그립던 히말라야 고국으로 돌아갈 것입니다.

샨티가 떠난 후, 지난 넉 달 동안 샨티가 머물던 방에 들어가 보았습니다. 연구소 한쪽을 치우고 샨티는 그곳에 머물렀지요. 샨티가 연구소에 처음 오던 날, 우리는 죄다 홍분했습니다. 침대를 들이고, 시트를 깔고, 공부할 책상을 들이고, 책상 끝머리에는 스탠드를 달아 주었

171

습니다. 그리고 건물 경비 아저씨는 샨티를 위해서 아저씨 방에 있던 텔레비전을 가져왔지요. 연구소 소장님은 길에서 발견한 깨끗하고 큰 거울을 샨티 방 한쪽에 걸어주었습니다. 아이는 하루 일이 끝나면 늦도록 텔레비전도 보고, 책도 읽으면서 그곳에서 시간을 보냈습니다. 짧은 시간이었지만 한글도 많이 늘고, 말도 늘었습니다. 연구소 사람들은 그 애를 많이 사랑했지요. 부지런하고 착하고 잘 웃던 샨티는 매사에 감사하는 마음을 보여주었습니다.

샨티가 떠난 방은 깨끗하게 청소되어 있었습니다. 침대도 잘 정돈되어 있고 샨티가 책을 보던 테이블도 깨끗이 치워져 있었지요. 오늘 아이가 떠난 후, 처음으로 알게 된 건 소장님이 주워온 거울이 매우 크고 이쁘다는 것이었습니다. 침대 머리맡에는 제가 샨티에게 준 장식걸이가 그냥 걸려 있었습니다. 지난 해 11월, 실상사에 행사가 있어 갔을 때, 실상사에서 일하는 조각가가 나무로 만든 장식걸이를 주었는데 샨티가 연구소에 온 기념으로 그걸 선물했습니다. 그런데 샨티는 장식걸이가 소용없었는지, 아니면 자기에게 준 게 아니라고 생각했는지 그냥 두고 갔습니다. 샨티 옷을 걸어두었던 옷걸이 두 개가 칸막이 위에 비스듬히 걸려 있었습니다. 그 애가 쓰다 두고 간 어떤 물건보다도 옷걸이가 가장 쓸쓸해 보였습니다.

정을 준다는 건 때로는 마음의 부담이 느는 일이기도 합니다. (2004)

천사는 2%가 부족하다

    시골에 있는 연구소에는 한 달에 한 번, 남성 두 분이 오셔서 자원활동을 하십니다. 나이 든 산야초 님과 젊은 디풀입니다. '산야초'나 '디풀'은 우리가 즐겨 부르는 그분들의 아이디입니다. 그 동안 젊지도 않은 세 사람만으로는 연구소의 여러 일들을 꾸려가기가 참으로 벅찼지요. 사무적인 일 외에도 먹는 일이며, 텃밭을 가꾸고, 풀 뽑고, 마당 청소하고, 장작 패고, 개 네 마리와 거위 두 마리를 키우는 일이 쉽지 않았습니다. 시골 일들은 마치 주부의 일처럼 아무리 해도 끝이 없고 티도 안 납니다. 그런데 두 분이 연구소에 오신 4개월 전부터는 일이 한결 편해졌습니다.

    그분들은 연구소에 도착하면 무슨 일부터 먼저 할까, 고민하십니다. 덕분에 마당 한쪽에 버려진 듯 서 있던 정자도 우물곁으로 옮겨 즐거운 휴식처로 사용하게 되었고, 풀이 우거져 감히 들어갈 엄두도 못 냈던 텃밭도 풀을 뽑아주어 제 모양새를 갖추게 되었습니다. 그뿐인가요. 망가진 쪽문도 고쳐주고, 연구소를 제 집인 줄 알고 드나들던 정신없는 뱀도 못 오게 막아주셨습니다. 이번에 올 때는 대문을 새로 칠해야 한다면서 오일스텐 한 통을 사 오셔서 깊이 감동 받았습니다. 그런 마음이야말로 사람이 사람에게 표할 수 있는 극진한 배려라고 생각됩니다. 엊그제는 가지들이 제멋대로 뻗어나간 뽕나무를 보기 좋게 정리해주셨습니다. 일을 마친 저녁 무렵에 보니 그분들의 팔은 날카로운 가시에 찔리고 할퀴어서 엉망이 되어 있었습니다.

하루 종일 허리를 펼 틈도 없이 고된 노동에 시달려 온몸이 땀으로 흠뻑 젖었어도 좋다고 하하, 웃으시는 이분들을 어떻게 표현해야 좋을까요. 누가 시키지도 않은 남의 힘든 일을 즐겁게 한다는 것은 쉽게 만날 수 있는 덕성이 아닐 것입니다. 그 귀한 덕성을 우리는 역으로 '모자라는 사람들'이라 표현하면서 웃습니다. 얼마큼 모자라는가? 딱 2%가 모자란다고 하면서 우리는 웃습니다.

산풀 님과 저는 좀 쉬운 일을 했습니다. 낫으로 쳐낸 뽕나무 가지에 붙어 있는 잎사귀들을 땄지요. '님도 보고 뽕도 딴다'더니 가지치기 덕분에 뽕잎을 많이 땄습니다. 이 뽕잎들은 잘 말려서 가루를 내 먹습니다. 딱히 어디에 효능이 있는지는 모르나 나무 이파리니까 몸에 좋겠지 싶어 정성껏 말려 원하는 분들과 나눠 먹습니다. 올 들어 연구소

와 자두나무 집 주변에 유난히 어린 뽕나무 여럿이 뿌리를 내렸습니다. 하다못해 민들레 길에까지 뽕나무가 보입니다.

"이참에 연구소도 풀꽃평화연구소가 아니고 뽕나무연구소로 이름을 바꾸지요."

산풀 님이 웃으며 말합니다.

별 대수롭지도 않은 이야기들을 두런두런 나누면서 우리는 한낮부터 저녁 무렵까지 일을 했습니다. 대기는 평화로운 느낌으로 가득 차 있었습니다.

자연이 우리에게 무상으로 베풀어주는 것들은 말로 다 헤아릴 수 없이 많습니다. 시골 생활을 하면서 더욱더 잘 알게 되었지요. 꽃이 피고 지는 걸 눈으로 보고, 새들이 날아가며 우는 소리를 듣고, 들판에 곡식들이 열매를 맺는 걸 보면서 살아내느라고 알게 모르게 다쳤던 마음이 조용히 치유되는 걸 느낍니다. 그리고 이런 고마운 분들이 계셔서 남을 도우며 '함께 사는 것'이 얼마나 귀한 일인지 깨닫게 됩니다.

우리에게 감동을 주는 2% 부족한 천사들이 언제나 다복하시기를 빕니다. (2007)

산으로 출근하는 사람

퇴골에는 털풀 님이라 부르는 강영태 님이 살고 계십니다.

연구소가 퇴골에 문을 연 2004년부터 시골 살이가 서툰 연구소 사람들을 음으로 양으로 도와주시는 고마운 분이지요. 그분은 제가 알기로 10여 년 동안 봄, 가을 두 계절에 걸쳐 산불방지 일을 하시느라 매우 바쁘셨습니다. 그뿐 아니라 누군가 산에서 과실나무를 싹쓸이하거나, 삼겹살을 구어 먹은 프라이팬을 세제 잔뜩 묻혀 시냇물에 씻거나, 비닐봉지를 마구 버리거나 하면 반드시 뭐라고 그랬답니다. 털풀 님은 좀 심한 표현이지만, 산적처럼 생겨서 보통 사람들은 외모에도 겁을 먹습니다. 그렇지만 혼나는 그들 중에는 반드시 잘난 척하는 치들이 있어서 "당신 뭐야?" 하는 사람이 있답니다. 털풀 님은 그런 사람들을 내심 더 반깁니다.

"나 뭐냐고요? 나 국민이오."

그렇게 답한 뒤에 펼쳐지는 털풀 님의 논리정연한 말에 잘난 척하는 인간들은 백발백중 깨진다지요. 그렇게 긴 세월을 소문나게 일하다 보니, 털풀 님에 대한 이야기가 읍내 도지사의 귀에까지 전달되어 지난해에는 산과 관련된 특별한 날에 도지사 표창까지 받으셨다네요.

며칠 전, 마을길에서 털풀 님을 만났습니다.
"요새 뭐 하세요?"
"네, 매우 바빠요. 저 요새 산신령 됐어요."
"산신령? 대체 무슨 말씀이신지?"
"담에 만나서 말씀 드릴게요."
그리고 어제 저녁, 연구소 사람들은 모처럼 그분과 저녁 식사를 하게 되었습니다.

알고 보니, 털풀 님은 산에 대한 뜨거운 애정으로 말미암아 올 초 강원도에서 최초로 뽑은 임도 관리인 2명 중에 영서 지역 책임자로 뽑히셨다는군요. 그래서 털풀 님은 이제 공식적으로 매일매일 산으로 출근하시게 된 것입니다. 말하자면, 나이 오십대 중반에 취직을 하신 셈입니다. 취직을 했다고 해서 흰 와이셔츠에 넥타이를 매고, 구두에 광을 내고, 서류 가방을 들고 새벽 일찍부터 지하철로 달려가는 그런 일자리가 아니지요. 평소 입었던 옷으로, 평소 길렀던 수염 그대로 출근하는 직장의 크기는 임도 약 100킬로미터, 넓이로 따지면 수억 평은 된다는군요.

임도 관리인(?)이 정확히 무슨 일을 하는지 몰라서 "산에서 뭐하세요?"라고 물었습니다.

"네, 우리나라에는 산판이나, 군사적 목적 등 여러 가지 이유로 다른 나라처럼 그동안 산에 길을 내왔는데 근래에 와서는 더 이상 산길을 내지 않고, 관리만 하게 되어 있어요. 제가 하는 일은 산길을 잘 유지하는 건 물론이고 산불 관리하는 것, 산사태가 난다든지 축대가 무너졌다든지 산에 놀러 왔던 사람들이 쓰레기 불법 투기를 한다든지 야생동물을 누가 밀렵한다든지 할 때 문제를 해결해야 하는 일이지요. 제가 직접 뵌 적은 없지만 말하자면, 산신령님이 하시는 일을 제가 하는 거지요."

그제야 왜 산신령이 됐다고 하셨는지 이해할 수 있었습니다.

털풀 님이 말을 이었습니다.

"저는 이 일을 하게 된 게 너무 감사합니다. 왕풀 님이 아시다시피 오래전부터 산과 인연을 맺어 이런저런 일을 해왔는데, 솔직히 말해 산에 들어갈 때마다 이런 일 하는 사람을 나라에서 왜 안 뽑나 하는 생각을 늘 해왔거든요. 그런데 어느 날 도에서 연락이 온 거예요. 허참, 얼마나 기쁘던지요. 마음속으로 간절히 원하던 게 이렇게 이뤄지니 너무 감사한 일이지요."

그런 말을 하는 털풀 님의 얼굴에 진짜 기쁨이 배어 있었습니다. 저는 키도 크고 손발도 커서 '왕풀'이란 이름으로 불리고 있습니다.

"네, 그래요, 저도 얼마 전에 오프라 윈프리 쇼에서 보았는데 감사한 마음으로 간절히 소원하면 분명 이뤄진다고 하더군요. 정말 축하해요, 털풀 님."

"네 고맙습니다. 산에 가면요, 큰 돌, 작은 돌, 요만한 꼬맹이 풀, 키가 큰 풀 등 크고 작고 높고 낮은 여러 것들이 다 어울려서 함께 살아가잖아요. 그것들이 생김새도 크기도 형태도 다 다르지만, 다 자기 역할이 있어요."

"산에선 어떤 분을 만나세요?"

"대개는 육십 칠십 된 노인 분들과 일을 합니다. 그분들은 산에 돌을 쌓아 축대도 만들고 떼(잔디)를 입히는 일들을 하는데 매우 건강하고 유쾌한 분들이지요. 저는 그분들보다도 한참 어린 데도 그분들을 못 따라갑니다."

특히 할머니들은 늘 웃으면서 산비탈에 잔디를 심곤 하는데, "우리 떼돈 벌지," 그러면서 활짝 웃는답니다. 처음에 털풀은 '떼돈 번다'는 말이 무슨 뜻인지 몰랐는데, 잔디를 입히는 할머니들을 만난 뒤 그 말 뜻을 알게 되었답니다. 할머니들은 산을 탈 때에도 나이와 다르게 몸동작이 너무나 유연해서 마치 물결을 타고 오르는 산천어처럼 보인답니다. 털풀 님은 하루 일당 3만 원 받는 그 할머니들한테서 많은 것을 배운다고 말했습니다.

사람들은 거의 대부분 도시에서 이름난 좋은 직장에 다니기를 소망합니다. 좋은 직장에 들어가기 위해서 어렸을 때부터 엄청 시달립니다. 코흘리개를 겨우 면한 아이들에게 영어 과외를 시킨다, 영재 교육을 시킨다, 고액 과외를 시켜 좋은 대학에 보낸다, 난리입니다. 강남의 집값이 죽자고 오르는 이유가 좋은 학교가 몰려 있어서 거기 살면 좋은 대학에 들어갈 확률이 높기 때문이라지요. 그리고 공부 잘해 좋은 대학 나와서 일류 기업에 취직을 하지요. 거칠게 말하면, 코흘리개부터 시작한 공부라는 게 겨우 샐러리맨 되려고 그러는 것입니다. 그런 걸 성공으로 여기는 우리 시대가 생각해보면 너무나 초라합니다.

세상에는 다양한 직업이 있습니다. 어느 직업이 제일 좋은 직업일까요. 자기가 하고 싶은 일을 하는 게 아닐까요.

"사랑하는 개가 죽으면 어떡하느냐고요? 산에 묻지요. 이 산 저 산에 제 개들이 묻혀 있습니다. 가끔 그들이 묻힌 곳을 지나가게 되는데 언제나 눈물이 나요."

체격이 건장하고, 카리스마 넘치고, 인물이 훤한 털풀 산신령님이 한 말씀입니다. (2007)

어머니한테 물든 우리 모녀

제 어머니는 기품 있는 분이셨습니다. 제 나이가 어느덧 예순이 되어가니까 그분이 돌아가신 지 아주 오래 되었습니다. 어머니가 지상에 머무셨던 그 시절은 누구나 할 것 없이 살아가기가 참으로 힘든 시절이었습니다. 어머니 역시 예외가 아니었습니다. 패망한 나라에 누군가의 딸자식으로 태어나 여섯 남매의 어머니로서 자신에게 부하된 역할을 다하며 사시기가 얼마나 고단하셨을까 싶습니다.

난리가 끝난 뒤 60년대에는 밥을 구걸하기 위해 팔목에 깡통을 차고 집집마다 돌아다니는 걸인들이 참 많았습니다. 하루에도 대여섯 명의 걸인들이 대문을 두드렸는데 깡통 속에는 벌건 김치 국물과 시래기 반찬들이 밥과 뒤범벅이 되어 그들의 삶처럼 쓸쓸하고도 남루하게 쌓여 있었습니다. 깡통에 꽉 차게 음식을 얻은 날도 있었지만, 그보다는 반짝거리는 깡통 바닥만 비참하게 드러난 날도 많았습니다. 어머니는 이 세상에서 제일 불쌍한 사람은 '춥고 배고픈 사람'이라고 늘 말씀하셨지요.

어깨를 대고 옹기종기 모여 있는 집들과 흙길과 벌거벗은 나무들이 꽁꽁 얼어붙어 있는 겨울 저녁, 어둠이 쓸쓸하고도 무섭게 밀려오는 시간, 아직 무쇠 솥의 밥이 뜸 들기도 전에 걸인이 한옥 집 문을 두드리며 "밥 한 술 주쇼!" 할 때가 있습니다. 그러면 어머니는 식사를 차렸습니다. 저희 가족이 사용하는 그 밥그릇, 그 수저 그대로 식사를 차려 걸인에게 드렸습니다. 추위에 떨며 마루 한쪽 끝에 얌전히 앉아서 밥을 기다리다가 어머니가 차려 온 밥상의 뜨거운 국에 얼굴을 파묻고 허겁지겁 밥을 먹던 걸인의 모습을 잊을 수 없습니다. 그 광경은 제 깊은 기억의 그물망에 아로새겨졌습니다. 힘이 없는 사람, 고단하게 사는 사람, 약한 사람들을 볼 때마다 어머니 생각이 났습니다. 별로 말씀이 없으셨고, 늘 조용하고 한결같은 얼굴로 숯을 넣은 무거운 무쇠 다리미로 광목 치마를 다리고, 김장을 담그고, 간장을 담그고, 추석이 지나면 문살의 창호지를 새 것으로 바꾸시면서 나뭇잎과 꽃잎을 정성스레 찹쌀 풀로 붙이셨던 어머니는 그런 작은 행동으로 저희 형제들을 교육시킨 것이라고 생각합니다.

저는 어머니가 몸으로 보여주신 타인에 대한 태도가 바로 '나눔'이었다는 것을 잘 모르고 살았습니다. 그러나 결혼하여 애를 낳고, 처녀 때와는 다른 마음으로 주변 사람들과 관계를 맺어가면서 어머니를 조금씩 이해하게 되었습니다.

저는 소소하게나마 어머니의 가르침을 흉내 내며 살게 되었습니다. 삼십대 후반에 젊은 미술학도들과 잠시 공부를 할 기회가 있었습니다. 개성이 강한 젊고 가난한 화가들은 열심히 그림을 그렸지만 전시장을 마련하는 일은 쉽지 않았습니다. 마침 제게 그들의 그림을 세상에 선보일 물리적인 공간이 허락되었습니다. 비상업용 화랑을 운영하기를 10여 년. 그러다 막 50세에 들어섰을 때 저는 화랑을 접고 지금까지 한 번도 경험해보지 못한 새로운 세계에 뛰어들게 되었습니다. 생명운동을 펼치는 시민운동 판에 뛰어든 것이지요.

저는 아주 개인적인 계기로 환경단체를 만들게 되었습니다. 제가 만든 단체에서 후일 월 60만 원을 받고 활동가로 참여했던 작은딸은 '목마른 사람들의 목을 축여줄 수 있게 마음속에 천 개의 샘을 지니라'는 뜻의 이름을 가진 아이입니다. 작은딸은 활동가로서 무엇을 배웠을까요? 제 딸 역시 인간 중심주의에서 벗어나 겸손하게 살아야 한다는 것, 소박하고 검약한 삶이 아름답다는 것, 큰 것보다는 작은 것이 아름답고 귀하다는 것을 배웠을 것입니다. 우리가 생명을 누리는 이 터전에 대해 책임을 져야 한다는 것, 사라져가는 생명들에 대해 연민을 품어야 한다는 것, 그런 것들만이 진정한 능력이라는 것을 배웠을 것

185

입니다. 아니, 그랬기를 바랐습니다.

작은딸아이는 어느 날 몽골의 한 어린이를 '평생 후원'하겠다고 말했습니다. 어느 날 길에서 버려진 개를 안고 집으로 돌아왔습니다. 어느 날 히말라야 여행지에서 다리에 상처를 입은 어린이들을 치료해주는 경험을 했습니다. 어느 날 거리에 버려진 아까운 물건들을 주워 재활용하기 시작했습니다. 어느 날 대학 입학금이 없어 진학을 못하는 후배에게 자신의 노트북 살 돈을 내놓았습니다. 그 후배는 대학을 졸업해서 취업을 한 뒤 최근에 "언니 때문에 내가 졸업을 하고 이렇게 직장에 다닐 수 있게 됐어요"라고 고마움을 전하기 위해 찾아왔습니다. 몽골의 어린이는 매년 성장한 사진을 우편으로 보내옵니다. 딸애가 주워온 개는 우리 가족의 확고한 일원으로 지금 같이 살고 있습니다. 딸애가 주워온 재활용품은 의자로도 쓰이고 화분을 놓는 받침대로도 쓰입니다.

저는 이런 대단찮은 나눔과 '다시 쓰는' 생활이 늘 조용하시기만 했던 제 어머니로부터 비롯되었다고 생각합니다. 한 사람 한 사람의 행동은 참으로 미약하고 대단찮을 수 있겠지요. 그러나 한 사람의 힘은 큽니다. 추운 겨울 날, 찾아온 걸인에게 소반의 먼지를 닦아 따뜻한 밥과 국을 차려 주시던 어머니의 힘은 자신은 의식하지 못하셨겠지만, 어머니가 생각했던 것보다 더 컸습니다. 그런 어머니의 힘이 부족한 저를 통해 제 딸에게까지 이어진 것이라고 보니까요.

세상은 그렇게 연결되어 푸른 강물처럼 도도하게 흐릅니다. 적어도 저는 그렇게 믿고 있습니다. (2007)

풍덩 보일러

퇴골에는 오늘 새벽, 첫눈이 왔습니다. 새벽에 '열무'(강아지 이름입니다)가 소변을 본다고 낑낑대서 마루문을 여니 작은 마당이 환했습니다.

"아!"

밤새 첫눈이 온 것입니다. 91세가 되도록 19세기풍으로 맨발로 살고 있다는 타샤 튜더 할머니는 밤눈이 내리는 날에는 이미 대낮부터 공중에 떠도는 희미한 눈 냄새를 맡는다고 했는데, 저 같은 사람은 그저 눈이 와야 "아, 눈이 왔구나!" 하고 좋아합니다.

정오가 지나자 반가운 사람이 찾아왔습니다. 그녀는 제가 좋아하는 사람이지요. 떠들썩한 시간이 지난 후에 가벼운 점심 식사를 하며 이런저런 이야기를 나누었습니다. 그리고 그녀에게 아주 감동적인 이야기를 들었습니다. 80세 가까운 할아버지와 그의 제자 이야기입니다.

그 할아버지는 초등학교 교사를 지내셨는데 그 당시에 벌써 참교육을 실천하려 애쓴 선구자 같은 분이셨나 봅니다. 다양한 아이디어로 아이들이 즐겁고도 적극적으로 수업을 하도록 애쓰셨답니다. 한번은 「심청전」을 공부한 후에 그 내용을 연극으로 꾸몄습니다. 반 아이들 모두에게 골고루 대사를 나누어 주셨는데 그 반에 좀 어수룩한 애가 있었답니다. 이 아이는 대사 한 줄도 외울 능력이 없어 선생님은 고민 고민하다가 '풍덩!'이라는 두 음절의 대사만을 주셨답니다. 그 학생은 심청이가 인당수 푸른 물에 몸을 던질 때 큰 소리로 "풍덩!!"하고 성공적으로 외쳤습니다.

연극이 끝난 후에 선생님은 학생들에게 자기가 외운 대사를 그림으로 그리게 하였답니다. 그리고 나중에 그린 그림을 모아 보니 반의 모든 학생들이 사실적인 그림을 그렸는데, 그 어수룩한 학생만은 누구도 따라올 수 없는 추상화를 그렸답니다. 차고 캄캄한 물속에 뛰어든 심청이의 머릿속이 어찌 추상화처럼 복잡하지 않을 수 있었을까요. 그러니 그 풍덩 어린이, 곰곰 심청이의 마음과 한 번도 가보지 못한 인당수를 골똘히 생각하다가, 아무도 제대로 이해하기 힘든 추상화를 그려내고야 말았던 것입니다. 선생님은 아이들이 그린 그림을 교실 뒤편 게시판에 나란히 걸었습니다. 그러나 그 어린이의 그림만은 다른 그림들과 어울리지 않아 할 수 없이 교실 가운데 툭 튀어나온 기둥에 따로 걸었답니다. 그러면서 선생님은 조금 미안한 마음도 들어 특별 대접한 '풍덩화'를 많이 칭찬해주셨답니다.

세월이 흘렀습니다. 그야말로 유수와 같이 시간이 흘러서 어느덧 당시 가르쳤던 학생들도 장성하여 아들 딸 낳고 잘들 살아갈 즈음, 반창회가 열렸습니다. 이제는 늙으신 선생님도 당연히 모임에 참석했지요. 그런데 그날 모인 사람들을 보니 반에서 1등에서 10등 안에 들던 똑똑하고 잘난 녀석들은 한 명도 오질 않았고, 중간이나 꼬라비 근처에서 어슬렁대던 애들만 잔뜩 모였답니다. 당연히 공부를 지지리도 못했던 '풍덩이'도 왔지요. 술이 한 잔 두 잔 들어가고 술안주처럼 옛 이야기가 나오기 시작했지요.

"선생님, 저는 지금 보일러 배관공을 하고 있습니다."

풍덩이가 이야기를 시작했습니다.

"지금까지 살아오면서 저를 칭찬해주신 분은 오직 선생님 한 분뿐이십니다. 그래서 저는 제 인생에서 단 한 번 받은 칭찬이었던 '풍덩 그림'을 결코 잊을 수 없습니다. 제가 비록 소박한 보일러 가게 하나를 운영하고 있지만 선생님께서 제 그림을 칭찬해주신 그 고마움을 잊지 못해 가게 이름을 '풍덩 보일러'라고 지었습니다. 그리고 저희 가게 한쪽 벽에 선생님이 특별 대우로 기둥에 걸어주셨던 풍덩 그림을 붙여놓았습니다. 언제 한 번 놀러 오십시오, 선생님."

선생님은 너무나 감동스러워서 말문이 막혔다고 합니다.

반창회가 끝나고 헤어지기 전에 이래저래 기분 좋게 취하신 선생님께서 화장실에 가셨는데 풍덩이 주춤주춤 따라오더니 막무가내로 주머니에 봉투를 밀어 넣더랍니다. 그 얼마 뒤 선생님은 풍덩이의 보일러 가게를 방문하시고 정담을 나눈 후, 형편이 그리 좋지 않은 것을 느끼시고 슬그머니 돈 봉투를 돌려주셨다지요.

　'풍덩'이라는 이름을 붙인 보일러 가게는 정릉 어딘가에 있답니다. 혹시 여러분들도 지나가시다가 풍덩 보일러 어쩌구 하는 이상한 간판이 눈에 띄면 시침 뚝 떼고 그 가게에 들어가 가게에 걸려 있는 30년도 더 되었을 그 추상화를 감상하시기 바랍니다. 마음이 훈훈해지는 '풍덩 그림'이 저도 참 궁금하네요.
　풍덩 보일러가 올겨울, 장사를 잘 했으면 좋겠습니다. (2006)

영철이와 영식이

그러니까 아주 오래전, 지금부터 34년 전쯤의 이야기입니다.

당시 저는 대전에 살았지요. 대전여중 3학년 때였습니다. 추석이 가까운 어느 토요일, 학교 도서관에서 책을 보다 보니 어느새 저녁이 되었습니다. 후다닥 가방을 챙겨서 학교 문을 나섰습니다. 피곤하고 배도 고파 집에 가는 발걸음을 재촉하는데 거리는 인적이 드물고 날씨도 제법 차서 을씨년스러웠습니다. 시내 중심에 있는 대흥동 성당 옆을 지날 때였습니다. 어디에선가 어린아이들의 예사롭지 않은 대화가 들려왔습니다.

"오늘은 어디서 자지?"

이게 무슨 소릴까? 고개를 두리번거리며 주변을 둘러보았습니다. 남자 어린이 둘이 눈에 들어왔습니다. 대여섯 살 정도로 보였는데 어른들은 없고 애들만 달랑 둘이었습니다. 저는 발걸음을 멈추고 아이들을 관찰했습니다. 아이들이 입은 옷은 옷감이 아주 얇아 추워 보였습니다. 그나마 매무새를 야무지게 단속하지 못해 찬 기운이 뼛속으로 다 들어가게 생겼습니다. 얼굴은 까칠했습니다. 아이들은 마치 추운 새처럼 몸을 움츠리고 신축공사 중인 성당 계단을 오르락내리락하며 이야기를 주고받고 있었습니다. 이윽고 알맞은 장소를 발견했나 봅니다.

"여기서 자자."

그 애들이 선택한 자리를 저도 살펴보았습니다. 계단 제일 안쪽 구석이었는데 바람을 막아주는 곳으로는 괜찮아 보였습니다. 거리는 오가는 사람이 없어서 너무도 조용했습니다. 저는 잠시 망설이다가 조심스레 다가가 말을 붙였습니다. 아이들은 순진한 얼굴로 묻는 말에 대답했습니다. 그래서 알게 되었습니다. 이름은 영철이, 영식이고, 둘 다 고아며, 나이는 각각 여섯 살, 일곱 살, 잠자리가 없어 거리를 배회하고, 끼니를 구걸한다는 것을.

"애들아, 내일 여기서 누나랑 다시 만나자. 기다릴 테니까 꼭 와야 해, 꼭!"

그렇게 해서 그 애들을 만나게 되었습니다. 저는 다니던 교회 학생회에 도움을 청했습니다. 그 나이답게 순진하고 착한 학생회 청소년들은 순번을 정하여 자기들의 도시락을 아이들에게 나눠주기로 했습니다. 영철이와 영식이는 이후부터 잠은 교회에서 자고 밥은 학생들의 도시락으로 해결하게 되었습니다. 하지만 그 일은 한계가 있었습니다. 60년대 중반 즈음 대한민국은 가난했습니다. 애들은 한 달 남짓 교회에 머물다가 교회 어른들이 지속적으로 책임질 수는 없다며 보육원으로 보내는 바람에 결국 교회당을 떠날 수밖에 없었습니다.

영철이와 영식이가 떠나고 나니 교회는 텅 빈 것 같았습니다. 그래서 교회에 같이 다니던 친구 인희와 함께 그 애들이 산다는 보육원을 찾아갔습니다. 물어물어 찾아간 그곳은 시내에서 한참 떨어진 외곽 지역에 있었습니다. 주변에 인가는 없었습니다. 보육원은 작은 야산 아래 외따로 떨어져 있었는데, 춥고 을씨년스러워 보였습니다. 흙마당을 지나 애들이 기거한다는 낡은 목조 건물의 현관으로 들어서자마자 이상한 악취와 함께 제일 먼저 눈에 띈 것은 흙먼지를 잔뜩 뒤집어쓰고 뒤엉켜 있는 신발들이었습니다. 제대로 짝 맞춰 놓인 신발은 한 켤레도 없었고, 갖가지 종류의 신발들이 아무렇게나 여기저기에 뒤집혀 있거나 모로 뉘어져 차가운 땅바닥에 널려 있었습니다. 버려진 애들처럼 너무도 쓸쓸했습니다. 그것은 살아오면서 제가 본 풍경들 중에서 가장 쓸쓸한 풍경의 하나로 지금까지 남아 있습니다.

보육원 안은 텅 비어 있었습니다. 모두들 보육원 뒤 언덕 너머에 있는 고구마 밭에 고구마를 캐러 갔다는 것이었어요. 인희와 나는 언덕을 향해 곧장 갔습니다. 가을이 깊어 오스스 한기가 밀려오는데 노란 들국화들이 여기저기 띄엄띄엄 피어서 춥게 흔들렸습니다. 우리가 언덕 아래에 막 도착하자 마침 언덕 위에 한 무리의 아이들이 나타나기 시작했습니다. 고구마를 캔 뒤 돌아오는 아이들이었지요. 아이들은 노을이 타는 듯 붉게 물든 서편 하늘을 배경으로 언덕을 넘어 우리 쪽으로 오고 있었습니다. 먼빛으로 보니 가마니를 끌거나, 연장 같은 것을 들고 있는 듯했습니다.

우리는 약속이나 한 듯이 두 손을 입가에 모아 언덕을 향해 아이들 이름을 크게 불렀습니다. "영식아~, 영철아~" 그러자 무리를 지은 아이들 틈에서 조그만 두 덩어리가 잠시 움칫하더니 이내 곤두박질치듯 언덕 아래로 뛰어 내려오는 것이었습니다. "누나아!" 그렇게 외치면서요. 그것은 멀리서 봐도 환희에 찬 작고 반짝이는 두 개의 눈부신 공 같았습니다. 운동회 때 청군 백군이 굴리던 공 같기도 했고, 형언하기 힘든 기쁨의 덩어리 같기도 했습니다. 그런데 작지도 크지도 않은 그 공 같은 것들 두 개가 어찌나 빨리 굴러오던지 그것을 바라보고 있던 인희와 제 가슴이 그만 터질 것만 같았습니다.

아이들 신발 뒤축에서 흙먼지가 뿌옇게 피어올라 붉은 노을이 다 흐려질 지경이었습니다.

그로부터 오랜 세월이 흘렀습니다. 아이들에게 다시 오마고 약속했으나 곧바로 서울 유학길에 오르는 바람에 그런 약속이 대개 그렇듯이 지키지를 못했지요. 성은 기억이 안 나지만, 그 애들의 이름은 영철이와 영식이가 틀림없습니다. 아마도 살아 있다면, 의젓한 어른이 되어 있겠지요. 제 살아 있는 동안에 다시 한 번 볼 수 있을지 모르겠습니다. (1999)

사해춘 만두

저는 연구소가 있는 시골과 서울을 오가며 살고 있습니다. 제가 사는 서울의 아파트에는 매주 월요일마다 부녀회 주관으로 장이 섭니다. 오늘 아침에 다용도실 창문을 열고 아래를 내려다보니, 만두 파는 집이 제일 먼저 문을 열었더라구요. 얼른 내려가 일인분을 사왔습니다. 만두는 겉으로 보기에는 아주 그럴듯했는데 막상 한 입 베어 무니 뻑뻑한 밀가루만 씹혔습니다. 이렇게 맛없는 만두를 먹을 때면 여학교 시절, 학교 근처에 있던 중국집 왕만두가 생각납니다. 정말 맛있었거든요. 그 집 이름이 뭐였더라? 가물가물하는 기억을 헤집었습니다. 사해춘! 그래요, 바로 사해춘이었습니다.

사해춘 만두는 속이 꽉 차고 부드러워서 입안에서 살살 녹았습니다. 반들반들하게 닦여진 잘 생긴 무쇠솥 안에서 폭신하게 익어가던 만두와 찐빵들이 지금도 눈에 선합니다. 특히 한파에 길들이 얼어붙고 두 볼이 떨어져나가라 칼바람이 부는 한겨울, 학교가 늦게 파해 잰걸음으로 혼자 귀가할 때 배도 고프고 피곤하기도 하고 '어서 집에 가야지' 오로지 그 한 생각만 하면서 무거운 책가방을 왼손 오른손 교대로 돌려가며 뛰다시피 집으로 향할 때, 문득 앞쪽 먼빛으로 사해춘 만두집이 보이고, 만두집 창 너머로 흐릿한 불빛이 흘러나오고, 가까이 다가가면 무쇠솥에서 새어 나오는 따뜻하고 하얀 수증기가 차게 얼어붙은 한적한 거리로 조용히 퍼져 나가던 그 풍경은 지울 수 없습니다. 또한 그 만두집에서 수시로 만두를 사주었던 한 친구를 잊을 수 없습니다. 그 친구는 붕어처럼 큰 눈에 입술은 얄포름했는데, 그 친구에게 만두를 참 많이도 얻어먹었지요.

오래전이에요. 그러니까 아주아주 오래전에 저는 지방의 한 도시에서 중학교를 다녔습니다. 그 학교는 도에서 제일 좋다는, 이른바 명문이었는데 시험을 본 후에는 매번 교정 담벼락에 전교 일등에서 꼴찌까지 방을 붙이는 지독한 학교였습니다.

학생들을 달달 볶는 그 학교 아이들 중에 같은 교회에 다니는 친구 둘이 있었습니다. 반은 각기 다르지만 같은 교회에 다녀서 친구가 된 것입니다. 한 친구는 전교 1, 2등에 학생회 회장까지 한 모범생이었고, 다른 한 친구는 '전교 1, 2등'과 제게 때 없이 만두를 사주던 숙이라는 아이였습니다. 숙이는 우리 말고는 특별히 가까운 친구는 없어 보였습니다. 그런데 그 애는 어디서 돈이 생기는지 수시로 저희들을 사해춘으로 데리고 갔습니다. 그때가 1964년도였으니 모두 가난하던 시절이었습니다. 용돈이라는 단어도 없었고, 너나없이 겨우 도시락만 싸가지고 다녔지요. 한 반에 공납금을 기일 안에 내는 아이들은 반 정도뿐이었습니다. 선생님들은 조회 시간에 학생들에게 공납금을 독촉하는 것이 하나의 일이었습니다. 그런 시절에 만두를 사 먹는다는 것은 쉬운 일이 아니었지요. 저는 숙이의 돈 출처에 대해서는 생각한 적도 없고, 생각할 일도 아니어서 그저 그 아이가 사주는 만두만 얻어먹으며 좋아라, 웃는 게 전부였지요.

숙이는 가끔씩 저를 놀라게 했습니다. 지금 생각하면 그 애는 또래보다 조숙하고 상당히 문학적인 데가 있었습니다. 숙이가 어느 날 비밀을 말하듯 자기 집에는 "피아노가 있다"고 했습니다. 저는 그야말로 충격을 받았습니다. 세상에, 집에 피아노가 있다니. 1960년대 중반, 당시 사는 형편이 얼마나 어려웠는지 담임선생님께서 가정형편 조사를 하시는데 "전화나 라디오 있는 사람 손들어요" 해서 그걸 기록할 정도였습니다. 전화나 라디오가 재산이 되던 시절에 피아노라니요! 피아노는 꿈속의 악기였습니다. 숙이는 피아노 자랑뿐 아니라 얼마나 좋은 아빠를 지녔는지, 오빠들은 그 애를 얼마나 사랑하는지에 대해서도 말하곤 했는데, 그 내용들이 마치 동화 속 세상 같았습니다. 저는 육남매

틈에 끼어서 어부렁더부렁 자라고 있었거든요.

그 애 집에 가보고 싶었습니다. 언제 나를 데려가나, 데려가나 그러고 있었는데 어느 일요일 낮, 주일 예배를 마치고 그 애 집에 갈 일이 생겼습니다. 드디어 피아노를 볼 수 있게 되어 마음이 매우 설레었습니다.

그 애 집은 시내에서 아주 멀었습니다. 기차가 머리 위로 지나가는 시커멓고 질펀질펀한 굴다리 아래를 지나, 나지막한 집들이 이어진 처음 가본 동네에 숙이 집이 있었습니다. 부자애가 이런 동네에 살다니… 이상하구나! 하지만 그런 말을 입 밖으로 꺼내지는 못하고 조용히 따라갔지요. 그 애가 사는 집은 길가에 있는 일본식 목조 주택이었습니다. 대낮인데도 집 안은 어둡고 우울하고 눅눅하고 이상하게 조용했습니다. 숙이가 평소에 말하던 명랑, 안온, 풍족함, 그런 느낌은 전혀 없었습니다. 길에 면한 쪽으로는 자잘한 물건을 파는 점방이 있었구요. 숙이 아버지처럼 뵈는 나이 드신 분이 어둑한 가게 안에 말없이 앉아 계셨습니다. 오빠라는 분도 계셨는데 동생 친구가 왔는데도 힐끗 쳐다보곤 자기 일만 했습니다. 나는 무엇보다 먼저 피아노를 찾았습니다. 숙이에게는 물어보지 못하고 눈으로만 방마다 부지런히 뒤졌습니다. 하지만, 아무 데도 피아노는 없었습니다. 그 애 집을 나올 때까지 저는 보고 싶은 피아노에 대해 한 마디도 물을 수가 없었습니다. 왠지 물어서는 안 된다는 생각이 들었습니다. 숙이 역시 수시로 자랑하던 피아노 이야기는 한 마디도 꺼내지 않았습니다.

몇 달 뒤 중학교를 졸업할 때까지 숙이는 여전히 가끔씩 만두를 사주었지요. 저는 돈이 없어서 한 번도 숙이에게 만두를 사주지 못했던 걸로 기억합니다. 하지만 제 마음은 그 후로도 오랫동안 찾지 못한 피아노를 찾으러 숙이네 집 구석구석을 돌아다니느라 바빴습니다.

그리고 저는 고등학교를 서울로 오게 되었습니다. 숙이는 가끔 학교로 편지를 보내왔는데 문학적 취향이 가득한 멜랑콜리한 표현들과 더불어 "What are you doing now?" 이런 식으로 영어 문장도 넣고 그랬지요. 어떤 때는 교회 다니는 남학생에 관한 이야기 때문에 편지 검열에 걸려 교무실에 불려가 선생님께 해명해야 할 때도 있었습니다. 선생님은 쓸데없는 데 관심이 많아서 편지 속에 나오는 남학생이 누구냐고 물어보셨거든요.

그러면서 세월이 흘렀고, 저도 대학에 들어가고 연락이 끊겼습니다. 그 즈음, '전교 1, 2등'이 말해주어서 만두에 얽힌 뒷이야기를 알게 되었습니다. 숙이는 체육 시간이면, 몸이 아파 운동장에 못 나가고 교실을 지킨 적이 제법 있었다는데 그때 반에서 도난 사고가 잦았답니다. 선생님은 '전교 1, 2등'을 불러 숙이가 의심스럽다는 이야기를 했다는 것입니다. 그 과정에서 틀림없이 여러 이야기가 나왔겠지요. 결론적으로 만약 선생님 추측이 옳다면, 숙이는 돈을 훔쳐 우리에게 만두를 사준 것이지요.

'전교 1, 2등'도 나를 놀라게 했는데, 그것은 숙이에 관한 일을 잘 알면서도 오랫동안 그 비밀을 지켜주었다는 점입니다. 마지막 소식은 그 애가 선교 일을 한다던가, 그런 소식이었습니다. 숙이를 알던 사람들은 중학교 시절 숙이의 행실에 대해서 뭐라 특별히 토를 달지는 않았던 것 같습니다. "그랬다더라" 정도였지요.

숙이는 꿈이 많은 문학 소녀였습니다. 왜 사람들은 숙이에 대해 별말을 하지 못했을까요. 아마 그것은 섣부른 비판을 봉쇄할 수 있었던 그 애만의 문학적 힘(?) 때문이었는지도 모릅니다. 사해춘 만두 맛에나 취해 있었던 철부지 우리에게는 그런 힘이 없었거든요. 현실을 잊거나 벗어나게 할 예술적 포장의 힘, 말이에요. 그립네요, 내 어릴 적 만두 친구. 지금 어디서 무얼 하며 살고 있을까. (2005)

기억의 저편에 작은 도시가

지금부터 30년 전에 충청도의 고요했던 소도시 대전을 기억하는 분이 계실지.

채송화니 분꽃이니 하는 꽃들이 어느 집에나 풍성했고 인구가 적어 거리는 늘 비어 있었는데, 이따금 짐을 한두 덩이 실은 말 달구지가 꿈결처럼 지나가던 곳. 목척교 아래에는 맑은 물이 흘러가고 냇가 한 편에서는 양잿물을 넣은 커다란 무쇠솥이 걸려 있어 무럭무럭 솟아나는 김 속에서 옥양목 빨래들이 희디희게 삶아질 때, 아이들은 '석빙고' 아이스케키를 물고 '명국환'의 〈아리조나 카우보이〉를 부르며 아무렇게나 걸어 다니던 곳.

매일 정오가 되면 시내 한가운데 높이 솟아 있는 소방탑 꼭대기에서 사이렌이 울려 퍼졌는데, 우리는 그것을 '오포(午砲)가 울었다'고 말했지. 그 소리는 고요를 뚫고 도시 구석구석까지 가볍게 날아가서 변두

리 한옥 문간방에도, 거기서 낮잠 든 사람들의 귓가에도, 혹은 우물가에서 푸성귀를 다듬던 아낙네들의 귓가에도 '열두시예요!' 정답게 어깨를 두드리며 내려앉았고, 시간은 라르고로 흘러가고, 무슨 축복처럼 만날 햇빛만 푸지게 내려오던 곳.

그 옛날의 작은 도시 대전을 기억하는 분이 계시는지. 늘 그리움으로 떠올리게 되는 그 도시를 또 어느 분이 나와 같은 그리움으로 기억하시는지. (1993)

칠칠회관 댄서

특별한 사건도 없이 매일매일이 그저 그렇게 지나가는 도시, 적당한 권태와 고만고만한 소문들이 일어났다가는 가라앉는 그곳에 찬물을 끼얹듯 정신이 번쩍 나는 한 여자가 살았습니다. 그녀는 동네의 어느 누구와도 닮지 않았습니다. 새로웠지요. 그러나 아무도 그녀와 사귀려 하지 않아서 커다랗게 혼자였던 사람. 그녀는 대전극장 뒤편에 등을 따악! 붙이고 서 있는 칠칠회관의 '댄서'였습니다. 요조숙녀(?)인 동네 아낙들은 어느 누구도 그녀에게 말을 건네지 않았습니다. 다만 쳐다볼 뿐이었습니다. 담장 밖으로 그녀가 지나갈 때면 아낙네들은 모가지를 쑤욱 빼고 힐끔힐끔 넘겨다보면서 낮은 소리로 쑤군거렸습니다. 아이들조차 아무도 그녀에게 접근하지 않았습니다. 그녀는 마치 전염병 같은 존재였습니다. '접근금지.' 이것은 우리가 어른들로부터 받은 은밀한 명령이었지요.

그녀는 대낮엔 내리 잠만 잤습니다. 그러다가 골목길에 어둠이 내릴 때면 눈부시게 휘황해져서 집을 나왔습니다. 그녀 얼굴은 임춘앵 여성국극단 포스터에 찍힌 배우와 꼭 같았습니다. 짙게 그려진 눈썹 아래 파랗게 칠한 두 눈은 비오는 밤의 가로등처럼 번쩍였고, 오만하게 솟아오른 콧날 아래 날카로운 선을 그은 입술은 붉고 큰 달리아 한 송이가 활짝 핀 것처럼 보였습니다. 입술 오른쪽엔 새까만 점 하나가 뚜렷이 그려져 있었습니다. 전체적으로 활활 타고 있는 불덩이 같았습니다. 그러나 그 불에는 열기가 없어 보였습니다.

그런 모습으로 그녀는 고개를 빳빳이 쳐들고 어스름한 길 한가운데로 당당히 걸어갔습니다. 그녀는 자신이 세워놓은 중심 속을 아주 몰두해서 걸어가는 듯했습니다. 주변의 속살거림이나 비웃음이 문제되는 것 같지는 않았습니다. 아무도 없는 텅 빈 거리를 저 혼자 걸어가듯 그녀는 걷는 것이었습니다. 그녀가 지나갈 때면 어린 저는 이유도 없이 숨이 막혔습니다. 하루 종일 휘돌아다녀서 땀내 나는 몸으로 길 한쪽으로 비켜서서 넋을 빼고 바라보았습니다. 그녀는 놀라운 어떤 힘으로 선연한 발자국을 찍으며 제 가슴속을 지나갔습니다.

칠칠회관. 눅눅한 어둠 속에서 수런수런 남자 어른들의 음성이 들리는 곳. 이따금 육중한 문이 둔탁하게 열리면 잠시 알 수 없는 향내와 음악이 사르르 흘러나오고, 그 사이에 색전구 조명이 분, 분, 홍, 홍으로 새어나왔다가 이내 쾅! 닫혀 문밖에는 어둠만이 한결 더 짙게 남는 곳. 우리 동무들이 들어가 보고 싶어 안달이 나던 곳. 그러나 결코 열린 적이 없었던 곳.

제 유일한 관심의 대상인 그녀는 동무네 바로 옆집에 살았습니다. 저는 동무네 집 툇마루에 걸터앉아 마주 보이는 그녀의 방을 엿보곤 했습니다. 두 집은 나무 담장으로 나뉘어져 있었습니다. 담장은 오랜 세월 비바람으로 이음새가 적당히 벌어져 있었고, 또 송진 구멍이 송송 뚫려 있어서 그녀의 방을 관찰하기에는 더없이 좋은 장소였습니다. 하지만 제 노력에도 불구하고 그녀를 관찰할 수 있는 기회는 거의 없었습니다. 왜냐하면 그녀는 대낮엔 문을 꼭꼭 닫고 허구한 날 잠만 자댔으니 말입니다.

저는 기다리고 또 기다렸습니다. 동무네 툇마루에는 땀으로 동그랗게 얼룩진 제 작은 엉덩이 자국이 수시로 나 있었습니다.

그러던 어느 날, 드디어 때가 왔습니다. 그날은 학교가 어느 때보다 일찍 파했습니다. 저는 또 동무네 집을 찾아들었지요. 둘이는 툇마루에 달랑 앉아서 화단에서 방금 따낸 뜨뜻한 꽈리의 씨를 조심조심 빼내고 있었습니다. 바람도 한 점 없어 무겁고 더운 날이었습니다. 마을은 눈부신 여름 햇살을 덮고 낮잠에 빠져들어 한없이 조용했습니다. 중키의 석류나무도 회색빛 나무 담장에 그림자를 걸쳐놓고 졸고 있는

중이었습니다. 씨를 다 빼낸 꽈리를 불려고 입 속에 마악 넣으려는 바로 그 순간, 담장 너머 그녀 방에서 거칠고 쉰 듯한 여인의 음성이 얼핏 들려 왔습니다. 그 음성은 우리의 어머니에게서 나오는 부드럽고 조용한 느낌과는 확연히 달랐습니다. 우리는 번개같이 일어났습니다. 발소리를 죽이고 또 죽여 살금살금 담장으로 다가갔습니다. 그러고는 뚫린 송진 구멍에 두 눈을 갖다 댔습니다.

웬일일까. 방문이 활짝 열려 있었습니다. 방 안에는 남자 어른이 러닝셔츠에 파자마를 입고 벽을 향해 누워 있었습니다. 놀랍게도 그녀는 마루 끝에 나와 앉아 있었습니다. 아마도 파자마 남자에게 소리를 질렀던 모양입니다.

그녀의 옆얼굴이 비스듬히 보였습니다. 화장기가 말끔히 지워진 처음 보는 맨 얼굴이었습니다. 노르스름한 피부는 낡은 한옥의 습기가 옅게 덧발라져 차가운 연둣빛을 띠었습니다. 입술 근처에 있던 그 새까만 점도 사라졌습니다. 다만 거부하는 듯한 날선 코가 한층 더 높아 보일 뿐이었습니다. 저는 숨을 죽였습니다. 시간이 흘러갔습니다. 조금 전에 빽, 한 번 소리를 지른 후, 그녀는 더 이상 말이 없었습니다. 어떤 말도, 행동도 하지 않았습니다. 그저 한옥의 낡은 그늘 속에 미동도 없이 앉아 있을 뿐이었습니다. 누워 있던 남자도 꼼짝하지 않았습니다. 한낮의 고요가 한층 더 두터워졌습니다. 숨 막힐 것 같은 연둣빛 그늘도 한결 깊어지는 성싶었습니다.

제 눈 속에서 차츰 그녀의 주변 풍경이 지워져갔습니다. 그리고 마침내 그녀 혼자만 커다랗게 확대되어 왔습니다. 그녀의 얼굴은 저항 없이 열려 있었습니다. 그냥 텅 비어 있었습니다. 그 순간 제 가슴 속의 사진기가 저절로 셔터를 눌렀습니다. 이유도 모르면서 평생 잊지 못할 한 얼굴이 저도 모르게 가슴에 찍혀버린 것입니다.

그로부터 아주 오랜 세월이 흘렀습니다. 저는 지금 얼떨결에 그토록 선명히 찍힌 그 얼굴을 이해할 수 있는 나이에 와 있습니다. 끝 모를 생의 우물 속을 외롭게 들여다보고 있는 한 사람의 얼굴, 색채를 버리고 적막한 선 하나로만 살아 있는 한 송이 꽃, 절대 고독한 사람의 마음을 헤아릴 수 있는 나이가 되었습니다. 그녀를 안다는 것은 아마 유한한 생 위에 위태롭게 떠 있는 인간을 안다는 말이 될 것입니다.

몇 년 전부터 이따금씩 조용한 시간이 되면 불쑥불쑥 그녀의 얼굴이 되비칩니다. 어떻게 됐을까. 기억의 저편에서 날 불러 세우는 사람. 오래 헤어진 친구의 안부를 묻듯, 저는 그녀의 안부를 궁금해합니다. 그러나 이제 와 제가 할 수 있는 건 단 한 가지입니다.

그대, 이승에 남아 있든 남아 있지 않든 부디 편안하시라! (1993)

강원도 산골에 집이 한 채 있습니다. 붉은 함석으로 지붕을 얹은 오래된 그 집은 재래종 자두나무가 일곱 그루나 있어서 '자두나무 집'이라고 부르지요. 여름이 오면 나무는 가지마다 작고 짙은 보랏빛 열매를 셀 수 없이 매달아서 집은 온통 자두 향기로 덮입니다.